„...DEM GEHT'S SPRINGER UM WAS...“

Für Münchens Partnerstadt
K

W0293002

cs.wort

Christian Springer, am Silvesterabend 1964 in München geboren, studierte Semitistik und Bayerische Literaturgeschichte, brach aber das Studium kurz vor Ende ab, um Kabarettist zu werden. Die Grundsätze seiner satirischen Arbeit betrachtet er auch als Leitlinien für sein privates Leben. Er gründete 2012 den humanitären Verein Orienthelfer e.V. und organisiert regelmäßig öffentlichkeitswirksame Veranstaltungen zur Erinnerungskultur in München. Bei der Explosion im Beiruter Hafen am 4. August 2020 verlor er seine Beiruter Wohnung.

Christian Springer

Ich und der Russe

Klitschko
Pazifismus
Ukraine
Lenin
Tschetschenien
Stalingrad
Putin
Pussy Riot
Waffenlieferungen
Vermisst
Ivan Rebroff
Gorbi
Holodomor
Mama

cs.wort

Originalausgabe 1. Auflage 2022
© cs.wort Verlag München 2022

Layout: Meike Sellier
Foto: Christian Springer
Druck: Kriechbaumer Druck GmbH & Co. KG

Alle Rechte vorbehalten. Kein Teil des Werks darf in irgendeiner Form (Druck, Fotokopie, Film) ohne schriftliche Genehmigung des Autors reproduziert werden und/oder jedweder Art verarbeitet werden.

ISBN 978-3-9818358-5-4

»Ich kenne keine Feigheit, aber ich habe Angst.«

Vitali Klitschko, seit 2014 Bürgermeister von Kiew, Ex-Profiboxer

»Wanja«

(sowjetische Atombombe)
Name der größten Bombe, die jemals von Menschen gezündet worden ist. Der Blitz war noch in 1.000 Kilometer Entfernung sichtbar.

»The Ukraine girls really knock me out.«

Aus dem Song »Back in the U.S.S.R.«, Beatles, White Album (1968), gesungen von Paul McCartney am Roten Platz in Moskau 2003

»Adolf Hitler hatte auch jüdisches Blut.«

Sergej Lawrow, russischer Außenminister, der Depp

»Die Beschaffungspreise für Erdgas steigen seit Monaten stark an. Darum mussten wir bereits zum 01.01.2022 den Erdgaspreis anpassen. Allerdings haben die Beschaffungspreise noch einmal außergewöhnlich hohes Niveau erreicht. Daher müssen wir leider den Erdgaspreis zum 01.08.2022 erneut erhöhen.«

Aus einem Schreiben der Stadtwerke München GmbH vom Juni 2022

Ich und der Russe

Meine Großtante war mal da. Meine Mama wollte immer hin. Mein Großvater ist dort vermisst. Mein Ur-Ur-Ur-Großvater hat die Heimkehrer des Russland-Feldzuges von Napoleon in Dresden gesehen. Als ich Kind war, haben wir den falschen Russen *Ivan Rebroff* gehört und als Jugendlicher habe ich Raimund Harmstorf im Weihnachts-Vierteiler in der Rolle des *Kurier des Zaren* bewundert. Kurzum, Russland war immer dabei.

Als ich in München aufgewachsen bin, hatte man noch kein Navi, aber jeder in Bayern wusste: »Von Passau nach München braucht der Russ' nur drei Stund'.« Dann steht er vor der Tür.

Der russische Plan, über Niederbayern die ganze Welt zu unterwerfen, war völlig klar. Also musste man wehrhaft sein. Und so wurden in Niederbayern und der Oberpfalz zu Zeiten der Herbstmanöver Straßenschilder aufgestellt:

Achtung, Panzer auf der Straße.

Die Haltung unserer Familie zu Russland war fast romantisch – wenn man den Ost-West-Konflikt ausblendete: Die Weite der russischen Landschaft, die melancholische Kraft der russischen Musik, die Tiefe der russischen Seele. Das waren für uns die unverrückbaren Kennzeichen der Menschen zwischen Moskau und Beringstraße.

Ob es stimmte oder nicht, die Klischees lebten.

Die Begriffe Russland und Sowjetunion (UdSSR sagten wir nie) purzelten oft wild durcheinander. Und es gab sogar Situationen, in denen wir in unserer christsozialen, bayerischen Behaglichkeit zu fanatischen Anhängern von kommunistischen Ländern wurden: Eishockey! In den Partien Tschechoslowakei gegen die UdSSR fieberten wir mindestens so mit wie die Eishockeyfans hinter dem Eisernen Vorhang. Mit großer Verständnislosigkeit betrachte ich aktuelle Diskussionen darüber, ob Politik aus sportlichen Großereignissen herausgehalten werden sollte oder könnte. Denn Sport war, und ist, immer wieder missbraucht von Politik. Als im Jahr 1969 die Eishockey-Weltmeisterschaft in Schweden zu Ende war, stand die Sowjetunion auf dem Siegerpodest. Aber Sieger der Herzen war die Tschechoslowakei. Am 21. August 1968 waren sowjetische Truppen in Prag einmarschiert, aber am 21. März 1969 besiegten »die Tschechen« das Team der UdSSR mit 2:0 und ein paar Tage später mit 4:3. Diese Siege im Eisstadion wurden für uns und viele andere zum Symbol eines möglichen Sieges des Aufbruchs gegen die Moskauer Kommunisten.

Nun sind wir schon nach einem halben Jahr Krieg in der Ukraine müde geworden. Solidarität ja, aber bitte nicht täglich rund um die Uhr. Das Fischsterben in der Oder hat die Bomben auf Cherson und anderswo lässig aus den Schlagzeilen verdrängt. Sogar eine überflüssige Debatte um Winnetou-Filme ist inzwischen präsenter gewesen als der Terror russischer Militärs.

Deshalb mische ich mich ein. Auch, wenn es um Waffenlieferungen geht. Ich erlaube mir auch, empört zu sein, nicht zuletzt waren meine Hilfslieferungen nach Syrien schon vor Jahren das Ziel Putinscher Bomben. Sie haben Rettungsfahrzeuge vernichtet und die Helfer getötet.

Wer den Befehl dazu gab, beging ein Kriegsverbrechen.

Dieses Buch soll ein Appell sein für das Recht der Ukrainerinnen und Ukrainer auf Verteidigung. Ein Plädoyer für Solidarität. Im besten Fall ist dieses Buch ein Buch gegen den Krieg. Und es ist ein Geständnis, dass wir von dem zweitgrößten Land Europas wenig, ehrlich gesagt: nichts, wissen. Die Ukraine ist ein weißer Fleck auf unserer geistigen Landkarte. Es würde nicht schaden, etwas mehr darüber zu wissen. Die Ukraine ist ein Land mit wenig Lust auf Eroberungen: In den 90er Jahren war die Ukraine der drittgrößte Atomwaffenbesitzer, doch schon 2001 hatte die Ukraine alle ihre Atomwaffen komplett vernichtet. Dagegen wurde die Digitalisierung im Eiltempo vorangetrieben und heute ist man uns in Kiew in vielen Bereichen meilenweit voraus.

Das Buch ist auch meine Hoffnung, dass wir uns nach diesem Krieg wirtschaftlich keinen Diktatoren mehr ausliefern werden. Dieses Mosaik aus Erlebnissen, Anekdoten, Geschichten und Zitaten soll der Beweis dafür sein, dass die Ukraine nicht, als quasi unartiges Kind, mit Gewalt wieder in die Hände eines Riesenreiches geholt werden darf, sondern frei, unabhängig und europäisch ist.

Schlag nach bei Schiller

Die Fragen nach Solidarität, Wehrhaftigkeit, Humanität, Obrigkeitshörigkeit, Unterstützung in der Not und Angst vor der eigenen Courage sollten ein Land der Dichter und Denker nicht unvorbereitet treffen. Seit über zweihundert Jahren wird die Diskussion um den Tyrannenmord auf deutschen Bühnen rauf- und runtergespielt, Wilhelm Tell von Friedrich Schiller. Aber am Dienstag, den 3. Juni 1941, war es dann soweit: »Der Führer wünscht, dass Schillers Schauspiel *Wilhelm Tell* nicht mehr aufgeführt wird und in der Schule nicht mehr behandelt wird.« Vor zehn Tagen musste damals noch der Tod von 6.000 deutschen Fallschirmspringern in Kreta verdaut werden, da kommt das Stück vom Tyrannenmord womöglich bei manchem in den falschen Hals. Adolf Hitler bereitet zudem etwas vor, für das er keine Ablenkung gebrauchen kann. Neunzehn Tage nach seinem Anti-Schiller-Erlass wird er eine Streitkraft von drei Millionen Soldaten in die Sowjetunion einmarschieren lassen.

Passend dazu wird er seinen Soldaten den neuen »Kriegsgerichtsbarkeitserlaß« mit auf den Weg geben: Soldaten werden bei Straftaten gegen Zivilisten nicht mehr belangt. Damit ist den Verbrechen der Wehrmacht das Tor geöffnet.

Schiller lässt schon am Beginn des Stücks den Hirten Kuoni rufen: »Dem Nächsten muss man helfen, es kann uns allen gleiches ja begegnen.« Und Tell bemerkt:

»Der brave Mann denkt an sich selbst zuletzt.
Vertrau auf Gott und rette den Bedrängten.«

Ist Putin ein Hitler? Nein. Putin ist Putin. Aber im Sprechen, Täuschen und Handeln sind Tyrannen immer gleich. Ebenso in ihrer Menschenverachtung.

Sieg gegen Russland

Das erste Mal in meinem Leben, dass ich echte Russen und echte Ukrainer sah, war im Mai 1972. Ich war in der ersten Klasse, aber es war Freitagabend und ich durfte sicher länger aufbleiben. Denn im Fernsehen lief ein Fußballspiel. Nicht irgendein Fußballspiel, sondern Deutschland – UdSSR. Und was für mich viel wichtiger war: Mein Papa war im Stadion. Er hatte eine Stehplatz-Karte im Block R und ich saß im Schlafanzug vor dem Fernseher, um irgendwo unter den Zuschauern meinen Papa zu finden. Für die Erwachsenen war es ein denkwürdiger Moment, da mit diesem Freundschaftsspiel das Münchner Olympiastadion eingeweiht wurde. Erst seit 27 Jahren war Frieden zwischen den beiden Ländern, und viele hätten sich wohl England oder Italien als Gegner für ein »Freundschaftsspiel« gewünscht.

Schließlich war da nicht nur die Kriegsvergangenheit mit den Russen, sondern der aktuelle Kalte Krieg. Leonid Breschnew herrschte über das Sowjetreich und die Staaten des Warschauer Paktes. Breschnew marschierte in Afghanistan ein, und noch acht Jahre lang wurde das Sowjetreich regiert von diesem Mann, der zunehmend verkalkte und mehrere folgenreiche Herzinfarkte und Schlaganfälle hatte. Breschnew starb 1982. Im Schlaf, angeblich. Breschnew war Ukrainer. Was damals keine Rolle spielte, weil alles, was zwischen Oder und Beringstraße nicht bei drei auf dem Baum war, sowjetisch war.

Selbstverständlich spielten »die Sowjets« in roten Trikots, also mittelgrauen, da wir – wie die meisten – nur einen Schwarzweißfernseher zuhause hatten.

Die Übertragung ist live, ich bin begeistert. Willi Daume, der Präsident des Deutschen Olympischen Komitees, wird vor dem Spiel noch schnell interviewt. Schließlich werden in einigen Wochen in diesem Stadion die olympischen Spiele ausgetragen. Ich kann mich nicht erinnern, aber ich bin ziemlich sicher, dass der Journalist den Funktionär Willi Daume nicht nach seiner Tätigkeit für den Reichsführer-SS gefragt hat.

Jahrzehnte später erfahre ich, dass dieses Jahr 1972 kein gutes Jahr war für die Ukraine. Der russische Geheimdienst wütet im Land. Ab Januar gab es willkürliche Hausdurchsuchungen und Verhaftungen. Hunderte von Menschen werden aus ihrer Arbeit entlassen, andere kommen aus fadenscheinigen Gründen vors Gericht. All das wusste man in München nicht, als mein Papa seine Eintrittskarte für das Spiel im neuen Vorzeigestadion erhielt. Der Preis: 9,50 DM, plus 30 Pfennige Wohnungsbauabgabe und 20 Pfennige für das Sozialwerk des DFB.

Die Fernsehübertragung konnte sich nicht recht entscheiden zwischen Spiel und all den Neuigkeiten, die es über das Stadion zu berichten gab. Kurz vor Anpfiff sehen wir den bayerischen Ministerpräsidenten Alfons Goppel auf dem Spielfeld. Wir hören von den Gedenk-Medaillen, die an die Spieler verschenkt werden, und wie viele Quadratmeter Rasen verlegt wurden. Wenig hört man aber von Goppels Eintritt in die SA im Jahr 1933. Von Goppels Begnadigung des KZ-Chefs Alois Dörr ein paar Jahre später ahnte ja noch niemand etwas.

Vor dem Spiel erfahren wir noch vom Moderator, dass die Lichter der Beleuchtungsanlage so stark sind wie 300.000 60-Watt-Glühbirnen und dass die Olympia-Hymne gerade »leicht verhottet« von der Big Band der Bundeswehr gespielt wird. Durch das informative, aber endlose Blabla verpassen die Kameras den Anpfiff und den Anstoß durch die Russen.

Die allerersten Spielzüge der Fußballgeschichte in diesem spektakulären neuen Sportstadion, auf das bald die ganze Welt blicken wird, wurden nicht aufgezeichnet. Der erste deutsche Spieler, der nach etlichen Sekunden mit dem Ball am Fuß eingeblendet wird, ist Uli Hoeneß. Auch das 2:0 durch Gerd Müller bleibt ein Geheimnis. Nur die 80.000 Zuschauer im Stadion haben das Tor gesehen.

Trotz des 4:1-Sieges Deutschlands hat man auch einige Namen der UdSSR-Mannschaft in Erinnerung behalten: Torwart Jewgeni Rudakow spielte bei Dynamo Kiew. Oder Anatoliy Konkov, ein gefährlicher Mittelfeldspieler aus der Ukraine. Die Ortsnamen seines Werdegangs kennen wir nun aus den Kriegsnachrichten: In Luhansk geboren, Spieler in Donetsk und Kiew. Ukrainischer Nationaltrainer und zuletzt Präsident des Ukrainischen Fußballbundes, der in schwere Korruptionsvorwürfe geriet.

Ein paar Wochen später treffen die beiden Mannschaften wieder aufeinander. In Brüssel wird das Finale um die Europa-Meisterschaft ausgetragen. Es ändert sich wenig. Am 18. Juni 1972 siegt die Beckenbauer-Mannschaft gegen die UdSSR im Heysel-Stadion mit 3:0.

Ich kämpfte mich durch die erste Klasse. In Handarbeit bekam ich die Note 1. Allerdings schrieb mir meine Klassenlehrerin Frau Edeltraud Kaiser ins Zeugnis:

»Betragen und Fleiß nicht immer lobenswert.«

Aber ich hatte schon mal das Wort Ukraine gehört. Und dass viele, halb im Scherz, halb ernsthaft, sagten: »Zweimal gegen uns verlieren. Die kommen alle nach Sibirien.« Das tat mir leid, obwohl ich es damals nicht verstanden habe.

Republikgeburtstag

An die Spätgeborenen: »Gorbi« ist kein Kuschelbärchen, sondern war einst der mächtigste Mann der Welt. Er hat Dinge vollbracht, die an Zauberei grenzten: Michail Sergejewitsch Gorbatschow hat den Russen das Wodka saufen verboten.

Gelungen ist das nicht. Aber er hat hohe Hürden für den Verkauf von Alkoholika eingeführt, Brauereien zugesperrt und eine Anti-Alkohol-Kampagne entwickelt. Wer sich nun Sorgen macht, dass die Russen (und auch Russinnen) deshalb elendig verdursteten, übersieht, dass es in Russland auch andere beliebte Flüssigkeiten zum Überleben gibt: Kwas, Rjaschenka, Wswar oder Tee.

Für den Rest der Welt steht »Gorbis« politisches Schaffen an erster Stelle. Die wichtigsten Wörter seiner Zeit waren Glasnost und Perestroika. Damit schuf er den Weg zur Wiedervereinigung, beendete den Kalten Krieg, zog aus Afghanistan die Truppen ab und wurde mit dem Friedensnobelpreis belohnt. Weltfrieden war in Sicht. Seither weiß man, was auch ein Kind eines Mähdrescherfahrers alles erreichen kann.

Spätestens, als er sich das Hubertus-Schlösschen in Rottach-Egern am Tegernsee kaufte, war er auch in Bayern eingebürgert. Sein Spitzname »Gorbi« wurde weltweit bekannt am 7. Oktober 1989, dem 40. Jahrestag der DDR. Noch war die Mauer nicht gefallen. Es war das letzte Mal, dass der »Republikgeburtstag« in Ost-Berlin gefeiert wurde. Diejenigen, die nicht mitfeiern wollten, wurden niedergeknüppelt. Als die Protestierenden Richtung Prenzlauer Berg (Achtung: der damalige Prenzlauer Berg Ost-Berlins hat nichts mit dem gentrifizierten Öko-

Chic von heute dort zu tun) zogen, warteten in den Straßen schon Schlagstöcke und Wasserwerfer auf sie. Nach der Gefangennahme berichtete ein Betroffener: »In dieser Etage musste ich nackt vor zehn Polizisten Kniebeugen und Liegestütze machen. Während ich meine Personalien angab, schrie man mir Sprüche entgegen wie ›Jetzt hängen wir euch auf!‹.«

An diesem Staatsfeiertag sagte Gorbatschow zu Erich Honecker den berühmten Satz, der anschließend zum geflügelten Wort geworden ist: »Wer zu spät kommt, den bestraft das Leben.« Aber Gorbatschow hat diesen Satz nie gesagt. Er ist eine Erfindung von westdeutschen Journalisten, die vor Ort nach kurzen und prägnanten Formulierungen suchten. Der Satz wurde nicht dementiert, denn Gennadi Iwanowitsch Gerassimow, der Sprecher von Gorbatschow, war sehr zufrieden damit und gab seinen Segen dazu.

Trotz einer Vernichtungsorgie der DDR-Staatspapiere in den letzten Tagen der DDR wurden viele Stasi-Unterlagen »gerettet«. Die bundesdeutsche Behörde für Stasi-Unterlagen hat unter »BStU 000032« ein Blatt Papier archiviert. Unter der Überschrift »Transparente/Plakate/Sprechchöre« schrieben staatstreue Stasi-Mitarbeiter das auf, was sie draußen auf der Straße während der Proteste am 7. Oktober gehört oder gelesen hatten: »Freie Wahlen unter UN-Aufsicht«, »Wir wollen Taten sehen, sonst sagen wir auf Wiedersehen«, »Egon (Krenz) sei klug, 40 Jahre sind genug«. Zwei Seiten voller Demonstrations-Rufe. Darunter einer, der berühmt geworden ist:

»Gorbi, Gorbi hilf uns.«

Gorbatschow lebte am Rande von Moskau. Für die Welt außerhalb von Russland war er ein politischer Superstar.

Russen sehen das anders. Vorsichtig äußerte er sich zur Ukraine: »Niemand macht sich mehr Sorgen um die Ukraine als wir Russen. Ich denke bei dieser Frage an meine Mutter. Sie war Ukrainerin. Und die zweite Frau in meinem Leben, die ich ebenfalls verloren habe, war auch Ukrainerin.« Und im Jahr 2011: »Ich bin absolut überzeugt, dass Putin heute besser als jeder andere die Interessen Russlands verfolgt. Es gibt natürlich in seiner Politik etwas, das kritisierbar ist. Ich will das nicht tun, ich will auch nicht, dass jemand anderes dies tut.«

Nach der Annexion der Krim und der Besetzung der Ostukraine hörte man andere Töne von »Gorbi«, in seinem Buch »Das neue Russland« schrieb er: »Eine politische Sackgasse, wirtschaftliche Stagnation, die Ansammlung von ungelösten sozialen Problemen, die Beschneidung der Rechte und der Würde der Bürger – all dies erinnert an den Zustand unseres Landes vor der Perestroika.« Und an anderer Stelle:

»Ich komme immer mehr zu der Überzeugung, dass es den Regierenden darum geht, Zeit zu gewinnen, um der Macht willen an der Macht zu bleiben und um sich die Vorteile zu sichern, die eine Minderheit aus der aktuellen Situation zieht.«

Als Gorbatschow im August 2022 stirbt, erscheint Wladimir Putin nicht zu seiner Beerdigung.

Die letzten Tage der Menschheit

Als der Einmarsch im Februar 2022 beginnt, ist es exakt einhundert Jahre her, dass die *Tragödie in 5 Akten* veröffentlicht wird. Auflage: 5.000 Stück. Der Autor heißt Karl Kraus, 1874 in Böhmen geboren. Das Jahr 1874 ist ein spektakulärer Jahrgang. Nicht der Wein ist gemeint, sondern die Promidichte: Winston Churchill wird im selben Jahr geboren, auch Louis Adlon, der Namensgeber des nobelsten Übernachtungsschuppens von Berlin, und Arnold Schönberg, der Begründer der Zwölftonmusik. Ein 74er ist auch der legendäre Antarktisforscher Ernest Shackleton, der Zauberer Harry Houdini und Hugo von Hofmannsthal, berühmt durch den *Jedermann*, Pflichtprogramm bei den Salzburger Festspielen.

Karl Kraus gehörte zur Pflichtlektüre des aufstrebenden Kabarettlehrlings, der ich war. Denn Karl Kraus arbeitete in Wien, genauso wie Qualtinger, Georg Kreisler und Gerhard Bronner. Im Kabarett-Business war das schon die erste Auszeichnung. Zweitens war Karl Kraus ein Satiriker, dazu Kritiker, Lyriker, Dramatiker, Schriftsteller und Herausgeber. Und Verfasser der berühmten Zeilen, die er 1933 zur Machtergreifung Hitlers schrieb: »Das Wort entschlief, als jene Welt erwachte.«

Sein Antikriegsstück »Die letzten Tage der Menschheit« hat 220 Szenen und umfasst noch in der Taschenbuchausgabe knapp 800 Seiten. Es handelt von Menschen in und um den Ersten Weltkrieg herum. Die letzten Zeilen im Stück lauten:

> Die Stimme Gottes: »Ich habe es nicht gewollt.«

Die Monstrosität des Werkes hat dazu geführt, dass es der Verfasser selbst als unspielbar beschrieb:

»Die Aufführung des Dramas, dessen Umfang nach irdischem Zeitmaß etwa zehn Abende umfassen würde, ist einem Marstheater zugedacht. Theatergänger dieser Welt vermöchten ihm nicht standzuhalten.«

Die siebte Szene des Stücks spielt am Kohlmarkt, vor dem Eingang des Cafe Pucher. Zwei Herren analysieren den Kriegsverlauf:

Der alte Biach (sehr erregt):
«Das einfachste wär, man würde werfen fünf Armeekorps gegen Rußland, wäre die Sache schon erledigt.«
Der Kaiserliche Rat:
»Selbstredend. Der Hieb ist die beste Parade.«

Einhundert Jahre später lese ich in *deutschlandfunk.de*, die russische Armee käme bei ihrer Invasion nur langsam voran. »Die russische Führung hat ihre Invasion mit gravierenden strategischen Fehlern begonnen, außerdem fehlt es an Nachschub, sicherer Kommunikation und zunehmend auch an Kampfmoral.«

Nichts Neues also in den Kriegen gegen Russland.

Das gab's schon einmal

In der Münchener Stadtchronik von Hans Dollinger heißt es:

Anno 1973: Russisches Erdgas
wird erstmals nach Bayern geliefert.

Ein Weltereignis. Vor der Presse wurde im oberpfälzischen Waidhaus am 1. Oktober 1973 mittags um 13:15 der Startknopf gedrückt. Ein kleine Flamme leuchtete auf und die Fotoapparate klickten drauflos. Die Verbindung zwischen Sibirien und Bayern klappte also. Eine kleine Schwindelei, denn die Flamme hatte mit Sibirien wenig zu tun, sie kam aus einer versteckten, örtlichen Propangasflasche.

Das Gas, das Bayern inmitten der Ölkrise erreichte, hatte einen Weg von 6.000 Kilometer Länge hinter sich. Es lagerte ein paar Kilometer unter der Erde am Polarkreis und brauchte eine ganze Woche für den Weg nach Bayern. Die »Gasowiki«, die sowjetischen Arbeiter der Gasförderung, schufteten an einem der kältesten Orte der Erde: minus 26 Grad, im Jahresdurchschnitt.

Die Ölkrise wurde ausgelöst durch den Jom-Kippur-Krieg im Nahen Osten. Daraufhin drosselte die OPEC wegen der Freundschaft vieler westlichen Staaten zu Israel ihre Rohstofflieferungen. Im November und Dezember 1973 gab es vier autofreie Sonntage, ganz Deutschland ging auf den Autobahnen spazieren. Eine Geschwindigkeitsbegrenzung von 100 km/h auf den Autobahnen wurde eingeführt. Die Maßnahmen halfen in der Praxis nicht viel, es kam zu Kurzarbeit, Arbeitslosigkeit und Insolvenzen. In Österreich beschloss der Ministerrat die Drosselung der Heiz-Temperatur auf 20 Grad.

Die Begeisterung über die neuen Pipelines aus Sibirien war groß, obwohl die Ost-West-Beziehungen alles andere als freundschaftlich verliefen. Die DDR verweigerte Wiedergutmachungszahlungen nach Israel, in Afghanistan putschte sich Daoud Khan an die Macht und verwandelte das Königreich in eine Republik. Er verstaatlichte die Banken und kaufte mit sowjetischer Hilfe Waffen. Im November 1973 kann die ganze Welt das Ost-West-Verhältnis im Fernsehen beobachten. Es läuft die Übertragung eines Qualifikationsspiels für die kommende Fußball-WM in Deutschland: Chile gegen UdSSR. Kurz zuvor hatte das chilenische Militär unter der Führung von General Augusto Pinochet mithilfe der USA gegen den sozialistischen Präsidenten Salvador Allende geputscht. Das Fußballstadion benutzten die Putschisten als Foltergefängnis. Tausende Allende-Anhänger wurden brutal ermordet oder verschwanden einfach spurlos. Die Mannschaft der UdSSR reiste aus Protest erst gar nicht zum Spiel an. Nach allen Regeln der FIFA musste die Begegnung aber angepfiffen werden. 11 Chilenen spielten gegen – niemand. Nach dem Anstoß wurde der Ball ein wenig hin- und hergeschoben, dann schoss ein chilenischer Stürmer auf das unbewachte sowjetische Tor. 1:0. Nachdem aber niemand da war, der nach dem Treffer anstoßen konnte, wurde das Spiel abgepfiffen. Die Chilenen fuhren 1974 zur WM nach Deutschland. Paul Breitner schoss das 1:0.

Meine Erinnerung an diese Zeit ist geprägt von den Besuchen bei beiden Omas. Praktischerweise lebten sie nebeneinander. In den Kellern der Wohnblocks war die Kohle gelagert und ich schleppte mit meinen Cousins die Briketts nach oben. Es war immer ein besonderes Erlebnis, denn zuhause hatten wir bereits Zentralheizung.

Red' Russisch

Stellen Sie sich vor, dass es ab morgen heißt: »Deutsch reden verboten!« Auch im Unterricht, im Theater, in den Medien: kein deutsches Wort mehr. Lastwagen parken vor den Schulen, den Buchläden, den Zeitungskiosken und bringen alles weg, was in deutscher Sprache erschienen ist. Polizisten sind als Aufpasser dabei, damit es keine Ausschreitungen gibt. Wenn Kinder beim Spielen ein deutsches Wort herausrutscht, werden die Eltern erst ermahnt, beim zweiten Mal eingesperrt. In den Nachrichten wird die Umstellung auf eine andere Sprache als erfolgreicher Schritt in die Zukunft und den Frieden beschönigt.

So, oder so ungefähr, ging es der Ukraine ab dem 30. Mai 1876: Zar Alexander II. verbot die ukrainische Sprache. Erst 1917 durfte man wieder in ukrainischer Sprache reden und schreiben. Über vierzig Jahre Raub der Identität, der Geschichte, der Kultur. Wie sollten Kinder die Sprache von ihren Eltern lernen, denen es selbst verboten war, Ukrainisch zu benutzen? Die aktuelle russische Propaganda sagt über die Ukraine: *Seht her, so viele Leute sprechen Russisch. Es gibt keine ukrainische Kultur.*

Übrigens: Der Zar, der Ukrainisch verboten hat, wird »der Befreier« genannt. Weil er gegen den Willen des Adels die Leibeigenschaft abgeschafft hat. Er galt als äußerst gebildet, ein jüdischer Lehrer unterrichtete ihn in deutscher Sprache. Dem Zaren war es wichtig, mehrere Sprachen zu sprechen.

An einem Tag im März 1881 überlebte er zwei Mordanschläge auf ihn, beim dritten starb er zusammen mit dem Attentäter.

Wirtschaftsexpertengelaber

Josef Käser ist zwar von Geburt an ein Niederbayer. Aber ein echter Niederbayer ist er nicht. So einer würde seinen Namen nicht ändern, nur weil er einige Zeit im Ausland gearbeitet hat. Nach diesem System würde Franz Beckenbauer (zwar ein Münchner) heute noch Frankie Sinkfarmer heißen. Die einzigen Menschen, die eine Namensänderung durch einen beruflichen Wechsel in die Tat umsetzen, ziehen zum Arbeiten nach Rom, tragen dann Heiligennamen und am Büroschild steht »Papst«.

Ansonsten ist Joe Kaeser, formerly known as Josef Käser, *kein Unrechter*, wie man in Deutschlands Süden zu solchen Leuten sagen würde: Er ist für ein bedingungsloses Grundeinkommen, stellt sich gegen die AfD, hält Annalena Baerbock die Stange, und findet auch Sea Watch (Seenotrettung für Flüchtlinge) für unterstützenswert. Das ist die eine Seite.

Seit 2006 war er Finanzvorstand von Siemens, ab 2013 Vorstandvorsitzender (Jahresgehalt fast 10 Mio.). Natürlich hat er als Finanzprofi mit Betriebswirt-Diplom von den schwarzen Kassen des Siemenskonzerns nichts gewusst. Schmiergelder für Auslandsgeschäfte, organisierte Korruption auf den höheren Etagen sind im nie zu Ohren gekommen. Die Zeugen, die dem *Wall Street Journal* anderes erzählten, sind unglaubwürdig.

Man hat Kaeser/Käser geglaubt.

Wenn es um Putin geht, wird Joe hemdsärmeliger. Als der Russen-Chef 2014 Krim und Ostukraine annektiert, sagen alle ihre anstehenden Besuche in Moskau ab. Joe fährt hin.

Um zu……? Ja, um was zu tun? Niemand hat es je erfahren.

Umso passender erscheint es Joe Kaeser in einem Interview mit der *Süddeutschen Zeitung* im Juni 2022 zu fordern: »Wir brauchen eine neue Ehrlichkeit.« Er könnte mit gutem Beispiel vorangehen.

Als es um den Ukraine-Konflikt geht, wird es noch wilder. Er wird gefragt:

»Und man hat jahrelang nichts dagegen (gegen die Abhängigkeit von Russland) unternommen?«

Kaeser:

»Der Konsens war immer: Russland braucht uns als Kunden mehr als umgekehrt. Jetzt führt der Lieferant Krieg. Und auf diesen Fall sind wir schlecht vorbereitet.«

»Wie konnte es so weit kommen?«

Kaeser:

»Der Irrtum bestand darin, dass niemand mit einem solch ideologischen Krieg gerechnet hatte. Sonst hätte man sich ja vorbereitet.«

Aha. Wieder nichts geahnt, nichts gehört, nichts gewusst. Spätestens seit Putins Ukraine-Teilbesetzung und seinem Kriegseinsatz in Syrien wusste man von Putins Lügen, Putins Kriegsverbrechen und Putins geostrategischen Zielen. Dazu brauchte es kein Geheimdienstwissen und keinen Maulwurf im Kreml.

Das heißt, in entscheidenden Punkten der Siemens-Geschichte hatte der Boss keine Ahnung, hat sich geirrt, war nicht vorbereitet. Jemand, der den ganzen Tag nichts anderes macht, als »zielorientiert die Herausforderungen anzugehen«, »time slots für Abstimmungsprozesse einzurichten«, »benchmarks zu setzen« und »exit strategies« einzufordern, damit man »im flow bleibt« und die »credibility« in der »collectivity« behält – wie es so schön im Office-Gelaber heißt.

Manchmal hätte es einfach genügt, beim Thema Putin weniger auf den eigenen Geldbeutel zu schauen, sondern mit aller Schärfe zu sagen: »Bis hierhin und nicht weiter.«

Apropos

Herbst 2022. *German Angst*: Werden wir im Winter den Energietod sterben? Maschinen stehen still, Heizung ist tot? Positives wird nicht bemerkt: Am 7.9.22 waren die Gasspeicher bereits zu 87 % wieder gefüllt und der Gasverbrauch war um 30 % gesunken. Wahrscheinlich überleben wir.

Gib sie wieder her!

Fällt der Begriff *Beutekunst* denkt man an England, Frankreich, Belgien, Deutschland. An Russland eher weniger. Warum ist das so? Obwohl man vermutet, dass sich circa eine Million Kunst- und Kulturgegenstände deutscher Herkunft in Russland befinden. Dazu fast vier Millionen wertvoller Bücher. Alles nach dem Zweiten Weltkrieg von der Roten Armee als *Beutekunst* verschleppt.

Auf der Homepage des deutschen Ministeriums für Kultur und Medien steht noch im Januar 2022, also kurz vor Kriegsbeginn, der hoffnungsvoll klingende Satz, dass »auch in der Frage der Rückführung kriegsbedingt verbrachter Kulturgüter gemeinsam mit den russischen Partnern einvernehmliche Lösungen erarbeitet werden.«

Die Realität sieht anders aus: Bereits im Jahr 1998 hat die Duma ein Gesetz verabschiedet, das sämtliche Beutekunst, woher auch immer, zum russischen Eigentum erklärte. Kurz gesagt: Russland wird nichts hergeben.

Wladimir Rostislawowitsch Medinski, der aus der Ukraine stammt und von 2012 bis 2020 Kulturminister war, lehnte jegliche Verhandlungen darüber ab. So etwas gefällt Putin und nannte ihn ein »absolutes Genie der modernen Realpolitk«. Als die Moskauer Staatsuniversität ihm den Doktortitel wegen nachgewiesener »Unwissenschaftlichkeit« aberkennen wollte, ist der Rat, der darüber entscheiden sollte, kurzerhand aufgelöst worden.

Heute ist Medinski der Chef-Unterhändler Moskaus in den Waffenstillstands-Verhandlungen mit der Ukraine. Der Mann wird als Provokation ins Rennen geschickt. Er ist ein Handlanger Putins, der nichts zu sagen hat. Vom Willen zu Friedensverhandlungen keine Spur.

Friede sei dem Boxen

»Sie müssen was tun!«, sagte der Arzt zu mir.

Diesen Satz kennt jeder, der viel sitzt. Sitzen ist die Volkskrankheit Nummer Eins. Im Auto, im Büro, in der U-Bahn, bei der Familienfeier, im Fußballstadion, vor dem Fernseher – wir versitzen unser Leben. Niemand versteht, warum unsere sitzende Gesellschaft die Bestattung im Liegen überhaupt noch erlaubt. Es ist nicht gut für die Halswirbelsäule und auch nicht für die Bandscheibe zwischen LWS4 und LWS5.

Dann stand ich also vor dem Eingang der Boxfabrik. Das war kein Ort für Yoga und Peeling, sondern die Bronx von München. Dort wollte ich die schnelle Rechte lernen und die perfekte Deckung mit der Linken. Es war die Zeit, als das Boxen von der Schmuddelecke auf die Promiseiten von *Gala* und *Bunte* umgezogen war. Boris Becker war out, man zeigte sich beim Sport-Event mit Regina Halmich und Box-Gentleman Henry Maske.

Doch in der Boxfabrik wehte noch ein Hauch von Klischee: Der Eingang war eine schusssichere verschlossene Metalltür in einem Hinterhof des Frankfurter Rings. Das Stadtviertel drumherum dominierten Rotlicht, Autoindustrie, Bahnanlagen und Autobahnkreuz. Wer Feinkost suchte oder die Montessori-Elterninitiative, war hier falsch.

Die Boxfabrik war nichts für Warmduscher, im wahrsten Sinne des Wortes. Das Wasser in den Duschen war eiskalt. Wer warmes Wasser wollte, musste am Eingang eine Münze in ein graues Kästchen werfen, auf dem in krakeliger Handschrift stand:

»warm duschen 50 Ct.«

Das war sichtbar für alle kein Service-Angebot, sondern der Warmduscher-Pranger.

Und dann war da an der Wand gegenüber der Anmeldung dieses Bild: Der Boxfabrik-Chef Roland Suttner mit einem der Klitschkos. Beide Brüder hatten schon in der Boxfabrik trainiert. »Vitali ist authentischer und russischer, der lag mir näher.«, erzählte Suttner.

Die Klitschkos habe ich in der Boxfabrik nie getroffen. Und meine angeschlagenen Bandscheiben habe ich nicht durch ein gestähltes Muskelpaket retten können. Nachdem mir im Training – durch ein Missgeschick – das Nasenbein gebrochen worden war und ich mehr Blut als Schweiß auf dem T-Shirt hatte, habe ich nach einem halben Jahr die Boxfabrik wieder verlassen.

Aber Wladimir und Vitali Klitschko habe ich doch noch kennengelernt. Neben den Kabarettauftritten arbeitete ich noch viel als Autor fürs Fernsehen und war in vielen Sendungen an der Seite meines Freundes Ottfried Fischer. Er und Monica Lierhaus moderierten die Sendung »Stars in der Manege«, ich schrieb die Texte. Das Konzept war Kult: Promis gestalten eine Zirkusvorstellung.

Die Ausstrahlung war immer an Weihnachten. An diesem Abend jonglierten Sarah Wiener und Alfons Schuhbeck mit Tellern, Heino Ferch ritt wild auf vier Pferden, »Horst Schlämmer« Hape Kerkeling auf einem Kamel. Jan Fedder dressierte Schweine und die Klitschkos hantierten spektakulär mit Feuer, Schwert und einer wunderschönen Frau. Als ich den beiden vorgestellt wurde, saßen sie im Backstagebereich mit Freunden an einem Tisch. Zur Erläuterung muss ich sagen, dass ich es mit meiner Größe von 190 cm nicht gewohnt bin, dass Leute ein gutes Stück größer sind als ich. So stand ich nun zur Begrüßung zwischen den beiden, die sich lachend und höflich erhoben, um mir die Hand zu schütteln. Ich war ein Zwerg zwischen zwei freundlichen Riesen mit gewaltigen Händen und einem dementsprechenden Händedruck. Selten war eine Vorstellungsrunde so lustig, so angenehm und so sympathisch.

Heute sehen wir die beiden wieder als »Stars in der Manege«, live zugeschaltet im Bundestag, im Münchner Stadtrat oder in den Postings von Twitter und Co. Aber aus der lustigen Show ist blutiger Ernst geworden.

Statt Applaus umgibt die Brüder der Lärm von Granatenexplosionen. Sie müssen Sätze sagen wie: »Kiew wird angegriffen.«

Oder:

»Wir müssen kämpfen. Wir müssen unsere Unabhängigkeit und die Zukunft unserer Kinder mit Waffen verteidigen.«

Wenn Vitali Klitschko so einen Satz sagt, sind viele nicht überrascht. Ein Boxer eben: Gut im Austeilen. Kämpfe gewöhnt. Wenns mal blutet, hält man's aus.

Nein. Waffen und Boxhandschuhe sind unterschiedliche Welten. Vitali Klitschko spricht Englisch, wenn er mit London spricht, Deutsch, wenn er mit Berlin spricht. Er studierte Philosophie und Sportwissenschaft, promovierte, gründete eine Partei, verlor zweimal die Bürgermeisterwahl, und könnte als geborener Kirgise ein schönes Leben überall dort führen, wo kein Krieg ist.

Er tut es nicht.

Das Boxen hat nichts damit zu tun, denn es erzieht nicht zu Gewalt. Im Gegenteil. Als ich mich im Fitnessboxen versuchte, erhielt ich wie alle anderen eine MemberCard der Boxfabrik. Deren Farbe war ein tiefes Schwarz und auf der Vorderseite war der Umriss eines Boxers skizziert. Hinten stand der bedeutende Satz: »Diese Karte weist den Besitzer als Mitglied der Boxfabrik München aus.« Also, wenns mal brenzlig wird, die Plastikkarte aus der Brieftasche ziehen, vorlesen, und der ganze Araberclan nimmt Reißaus.

Im Ernst:

Als Einführung wurde uns eingetrichtert: Alles, was Ihr hier lernt, ist Sport und Fitness. Und darf niemals gegen irgendjemanden draußen auf der Straße angewendet werden! Basta.

Man boxt, um Spaß zu haben, nicht um drauflos zu schlägern.

Während meiner allerersten Trainingsstunde klopfte mir der kubanische Trainer von hinten auf die Schulter. Ich drehte mich um, er war zwei Köpfe kleiner als ich und grinste mich von unten an: »Kannst Du tanzen? Das ist das Wichtigste beim Boxen! Du musst mehr tanzen!«

Diese Sätze werde ich nie vergessen.

Es waren gute Lehrstunden für mich. Körperliche Wucht und Gewalt kennenlernen und sorgsam damit umgehen. Nie einen anderen damit schädigen. Beherrschung und Spiel.

Es ist schrecklich, heute mit ansehen zu müssen, dass viele friedliche Menschen in eine Situation gezwungen werden, in der sie Gewalt ausüben müssen, um sich und ihre Liebsten zu verteidigen.

Die Klitschko-Brüder sind keine Helden.

Das, was sie tun, tun sie nicht aus Mordlust. Sondern aus Verantwortung. Manche nennen es auch Gewissen.

Ich glaube den Klitschko-Brüdern, nicht zuletzt wegen eines anderen berühmten Boxers, dessen politisches Gewissen ihm seine Karriere kostete. Muhammad Ali, 1960 Box-Olympiasieger und 1964 Weltmeister, lehnte am 28. April 1967 die Einberufung zum amerikanischen Militär ab: »Mann, ich hab keinen Ärger mit dem Vietcong.«

Am gleichen Tag entzog man ihm seine Lizenz und alle seine Titel. Zwei Monate später wurde er zu 10.000 Dollar Geldstrafe und fünf Jahren Haft verurteilt.

Vitali Klitschko hätte seinen Sohn auch nach Ali benennen können, aber er hat ihm den Namen »Max« gegeben. Den Vornamen von Max Schmeling, der deutschen Box-Legende der 30er Jahre, dessen Popularität den Nationalsozialisten gerade recht kam. Box-Promi Max Schmeling musste trotzdem in den Krieg. Er wurde 1940 von der Wehrmacht eingezogen und musste im Frühjahr 1941 als Fallschirmspringer über der Insel Kreta abspringen.

Onkel Heinz, einer meiner Großonkels, teilte mit ihm die Stube.

Einmarsch 2022. Einmarsch 2014

Der Einmarsch 2022 erschreckt die Welt.

Der Krieg, die Flüchtlinge, die Angst vor Atomwaffen erreicht »uns«.

Der Einmarsch 2014 ist vergessen.

Wer noch was weiß, sagt: »Da war des mit da Krim.«

Das mit der Krim war nicht nett. Im Februar 2014 landen grüne Männchen – so sagte man wirklich – auf der ukrainischen Halbinsel. Putin sagt, er hat nichts damit zu tun.

Wer waren die grünen Männchen? Zwischen Mars und Erde gab es keine auffälligen Truppenbewegungen. Sie sagten, sie kommen, um die Russen auf der Krim zu beschützen. Aber vor wem?

Dann schossen sie wild um sich, besetzten die wichtigsten Punkte der Krim und gründeten ein eigenes Grüne-Männchen-Parlament. Das Parlament beschließt: Wir, die Grüne-Männchen-Krim, wollen von Russland aufgenommen werden. Am 21. März nimmt Moskau die Krim offiziell auf.

Putin gibt zu, dass die grünen Männchen doch russische Männchen waren. Armee-Einheiten ohne Hoheitsabzeichen. Super-Trick.

Putin, der Petrosilius Zwackelmann aus dem Kreml.

Dann passiert das gleiche mit dem Osten der Ukraine, der Donbass heißt. Militär, Gewalt und am Ende schießt man noch eine Passagiermaschine ab, wobei 298 Menschen sterben.

Putin sagt, er hat nichts damit zu tun.

Die Aufklärung wird behindert, und am Ende weiß alle Welt: Es waren russische Raketen.

Dann wurde über die Donbass-Region verhandelt. Europa sitzt als OSZE mit am Tisch. Man einigt sich auf freie Wahlen, Abzug der schweren Waffen, und dass die Ukraine die Oberhoheit über ihre Grenzen behält. Nach drei Wochen brechen die russlandtreuen Separatisten alle Absprachen.

Jetzt reicht's uns. Wir haben schließlich auch noch ein Leben. Wir freuen uns über die Nachrichten ohne Ukraine-Krieg: Fußball-WM in Brasilien (7:1 gegen den Gastgeber). Das Maut-Debakel beginnt, der Verkehrsminister heißt noch Alexander Dobrindt. Und Pfingsten gibt es schwere Unwetter.

Donbass ist vergessen.

»Aber für etwa sechs Millionen Menschen in den Gemeinden entlang der Frontlinie war der Krieg tägliche Kulisse. Hier flogen echte Kugeln, hier schlugen echte Granaten ein und töteten und verwundeten die Zivilbevölkerung, ein paar Menschen pro Woche«, berichtet die ukrainische Journalistin Alisa Sopova, die auch für die *New York Times* arbeitet.

Neben kaputten Häusern, Mangel an Strom und Wasser, hat Donbass aber auch einen traurigen Spitzenplatz: Es ist die am stärksten verminte Region der Welt.

»Einige Jornalisten, die auf der Suche nach militärischer Action in die Ukraine kamen, reisten enttäuscht ab. Und übersahen die Auswirkungen auf die Zivilbevölkerung; der Krieg war einfach nicht spannend genug.« Weiter schreibt Alisa Sopova:

»Wäre ich nicht eine dieser Zivilistinnen gewesen, hätte ich vielleicht zugestimmt.«

Die Verzweiflung

Natalia Klitschko ist im Bezirk Kiew geboren, ihr Mann Vitali ist dort Bürgermeister. Als der Krieg beginnt bleibt er in Kiew, sie in Hamburg. Die Journalistin Verena Hölzl interviewt sie.

Natalia Klitschko: »Am ersten Tag der Invasion habe ich meine Mutter angerufen und gefragt: »Mama, bist du im Bunker?« Sie meinte nur: »Nein, ich bin beim Friseur. Wenn ich sterben muss, dann immerhin hübsch.«

Das bayerische Diridari und der Russ'

»Allein in Moskau sind 800 bayerische Firmen ansässig.«, schreibt *Die Welt* am 3. Februar 2016.

Der Grund dafür, dass es die bayerischen Geschäftemacher in der russischen Hauptstadt in die Medien geschafft haben, ist der Besuch des bayerischen Ministerpräsidenten Horst Seehofer in Moskau.

Die Reise ist umstritten.

In der Wochenzeitung *Die Zeit* befürchtet man, dass Seehofer »dem Kreml über die Achse München-Moskau als nützlicher Idiot einen weiteren Hebel in die Hand gibt, mit dem er seinen Einfluss in Deutschland ausweiten kann.« Das ist deutlich.

Doch der bayerische Ministerpräsident wehrt sich und erklärt uns voller Fürsorge, dass seine Reise nur zu unserem Besten sei: »Zum Gewinnen unserer Zukunft brauchen wir eine Zusammenarbeit auch außerhalb der westlichen Bündnisse.«

Und Putin liebt Bündnisse. So hat er neben dem bayerischen Bündnis auch ein syrisches und unterstützt den Diktator Assad mit allem, was er zur Verfügung hat.

Im selben Februar 2016 bombardieren russische Bomber gezielt mehrere Schulen und medizinische Einrichtungen im Norden Syriens.

Mindestens fünfzig Menschen sterben.

Bomben auf Schulen, Bomben auf Krankenhäuser, Bomben auf schutzsuchende Zivilisten. All die Bilder, die ich aus Syrien kannte, wiederholen sich 2022, nur diesmal vor der eigenen Haustür.

Russen wählen Trump

Bevor herauskam, dass sie Merkels Handy angezapft hatten, stand die Abkürzung *NSA* für Nachsendeauftrag oder Nabelschnur-Arterie. Nun wissen wir, was dahinter steckt: die *National Security Agency,* die amerikanische Version des deutschen BND. Die NSA verfügt pro Jahr über 10 Milliarden US-Dollar und beschäftigt ungefähr 40.000 Mitarbeiter. Putin hat nur 15.000 Männer und Frauen in der Auslands-Spionage angestellt, dafür 350.000 im Inlands-Geheimdienst FSB.

Der Vertrauensbruch in Deutschland war riesig: Die Amis hören ihre Freunde ab. Das ist wie Lesen im Tagebuch der großen Schwester. Es macht Spaß, aber erwischen sollte man sich nicht lassen.

Bis heute ist es erstaunlich, dass die Einmischung Russlands in die US-Wahlen viel weniger Aufregung bei uns erzeugte. Beides passierte zur gleichen Zeit. Als Donald Trump zur Präsidentschaftswahl 2016 angetreten war, war er ein Außenseiter. Die Themen Corona und Rassismus bewegten die Amerikaner und sahen sie in den Händen der Demokraten eindeutig besser aufgehoben. Die Umfragen waren klar und deutlich. Doch in Fragen von Wirtschaft und Geldverkehr zog Trump davon. Dafür stand ja weithin sichtbar der *Trump Tower* in New York. Aber die Russen wussten, wie es wirklich um Trump stand. Denn sie lebten Tür an Tür mit ihm. Sein New Yorker Turm gehörte bereits zu einem Drittel Personen aus der ehemaligen UdSSR. Da Trump um die Jahrtausendwende bankrott und nicht mehr kreditwürdig war, freute er sich, dass die Russen fleißig seine Luxus-Immobilien kauften – und zur Geldwäsche benutzten. Als Trump seine Steuererklärungen veröffentlichen sollte, was üblich ist bei Präsidentenwahlen, weigerte er sich. Es ist verständlich, denn das Risiko, dass alles aufflog, war zu hoch. Die Recherchen von Timothy Snyder ergaben, dass unter Trumps Wohnung im *Trump Tower* ein russischer Glücksspielring betrieben wurde, und ein vom FBI gesuchter russischer Auftragsmörder dort wohnte. Trumps spätere Pressesprecherin hatte dort auch ein Apartment, ihr Nachbar war ein Russe, der wegen Geldwäsche verfolgt wurde. Im russischen Fernsehen wurde gewitzelt, dass Barack Obama mit den Armen fuchtelt, »als ob er im Dschungel wäre«. Donald Trump bekam dagegen einen Turm in Moskau, auf dem in riesigen Lettern stand: »Putin mag Donald Trump«. Trump hatte vier Milliarden Schulden bei 70 Banken. Timothy Snyder, Geschichtsprofessor an der berühmten Yale University, nahm Trumps Finanzen unter die Lupe: »Nach seinem Bankrott im Jahr 2004 lieh ihm keine amerikanische Bank mehr Geld. Die einzige, die ihm noch etwas gab, war die Deutsche Bank.« Und zwar zehn Milliarden für seine russischen »Kunden«.

Natürlich weigert sich Trump, seine Schulden jemals zurückzuzahlen. Russische Regierungsmitglieder, Diplomaten, zwielichtige Genossen und diverse Oligarchen überschütteten ihn mit Geld. Einmal 20 Millionen für einen Schönheitswettbewerb, dann wieder mit Käufen von Trump-Immobilien zu einem überteuerten Kaufpreis, oder einfach mit Beteiligungen, für die Trump weder zahlen noch einen Finger rühren musste.

Russischer Cyber-War und Massen von Geld köderten den Bankrotteur und verhalfen ihm zum Wahlsieg. 2017 erklärte Putin, er habe nie bestritten, »dass russische Freiwillige einen Cyberkrieg gegen die Vereinigten Staaten« geführt hätten. Die Deutsche Bank zeigt sich auch Trumps Schwiegersohn Jared Kushner gegenüber freigiebig, er bekam kurz vor Wahl einen Kredit von 285 Millionen Dollar. Kushner litt nicht unter Geldmangel, seine Firma organisierte die Beteiligung Russlands an Twitter und Facebook im Wert von knapp 200 Millionen Dollar.

Im Sommer 2015 stellt der Generalbundesanwalt die »Ermittlungen wegen des Verdachts der Ausforschung des Handys von Bundeskanzlerin Angela Merkel durch US-amerikanische Geheimdienste ein.« Ein Jahr später wurde Donald Trump zum 45. Präsidenten der Vereinigten Staaten gewählt. In unserem Verständnis von demokratischer Wahl stimmt das nicht ganz: Hillary Clinton erhielt 2,6 Millionen mehr Stimmen, aber das Wahlsystem der USA erhob Donald Trump zum Wahlsieger.

Die Wahlbeteiligung war niedrig, unter 60 Prozent. Die höchste Wahlbeteiligung unter allen ethnischen Gruppen hatten die »blacks«, über 66 Prozent. Aber es half nichts, nach der Wahl waren sie die größten Verlierer. In Moskau ist es nicht besser, in einer wissenschaftlichen Untersuchung über »Bildungsmigranten aus dem subsaharischen Afrika in Moskau und St. Petersburg« schrieben die Autoren:

»Die Mehrheit der Bevölkerung des Russischen Reichs und der UdSSR hatte nie einen Afrikaner in ihrem Leben gesehen. Die Wahrnehmung von Afrika und Afrikanern in der absoluten Mehrheit sowjetischer und nach 1991 russländischer Bürger wurde nicht durch eine persönliche Erfahrung, sondern ausschließlich durch Informationen und Bilder geformt, die die Wissenschaft, das Bildungssystem und die Medien konstruierten und vermittelten. Diese Bilder waren durch ein ›rassistisches Wissen‹ geprägt.«

Als in den USA der Wahlsieger feststeht, ruft nicht Putin bei Donald Trump an – Trump ruft bei Putin an.

Schlechter Russen-Witz

Fällt ein Russe tot vom Traktor,
ist in der Nähe ein Reaktor.

Russen-Beschimpfung

Die Würde des russischen Präsidenten ist unantastbar. Im Jahr 2019 hatte die Opposition in Russland einen klaren Favoriten unter ihren Schlachtgesängen: »Putin ist ein Dieb«.

Daraufhin wurde ein neues Gesetz erlassen, um die Ehre des Präsidenten dauerhaft zu schützen. Drastische Strafen drohen bei Beleidigung, Beschimpfung, Verunglimpfung usw. Das Gesetz bezieht sich in erster Linie auf Staatssymbole, aber gilt auch für den Präsidenten. Das heißt, Putin ist seit 2019 im Rang von Fahne und Hymne.

Aber es wird auch unflätig zurückgeblökt. Marija Wladimorowna Sacharowa wurde zwar an einem Heiligen Abend geboren, doch in der Sprache pflegt sie eher den vulgären Stil. Als Sprecherin des Außenministeriums giftete sie über Prominente, die Russland wegen des Krieges den Rücken kehren:

»Sie stinken stechend vor Angst.«

Wenn es um Putin geht, ist niemand zimperlich, sogar ein Hit aus meiner Kindheit schaffte es in die internationale Politik: »Die schnellste Maus von Mexiko«. Die Zeichentrick-Maus Speedy Gonzales, immer mit Hut und Gitarre unterwegs, leiht seit 2014 ukrainischen Demonstranten die Erkennungs-Melodie zum Protestieren. Der Text ist leicht umgedeutet. Wörtlich übersetzt heißt es nun: »Putin ist ein Pimmel.«

Sanfte Gemüter sind erregt und verweisen auf sprachliche Sachlichkeit im Umgang mit den Russen. Da bin ich voll auf ihrer Seite. Lesen Sie nur mal, wie der hochverehrte Heinrich Heine in seinen »Berichten über Politik, Kunst und Volksleben« in gewählten Worten die russische Politik als Fabel schildert:

»Was in diesem Augenblick besonders merkwürdig ist, ist die Milde der Russen, wo von Erhaltung des türkischen Reichs die Rede. Der eigentliche Grund aber ist, dass sie faktisch schon den größten Teil desselben besitzen. Die Türkei wird allmählich russisch ohne gewaltsame Okkupation. Es ist ihnen um die reelle Macht zu thun, nicht um den bloßen Schein derselben. Konstantinopel kann ihnen nicht entgehen, sie verschlingen es, sobald es ihnen passt. Sie mahnen mich an die Fabel von dem Wolf, welcher, als er Hunger hatte, sich eines Schafs bemächtigte. Er fraß mit gieriger Hast dessen beide Vorderbeine, jedoch die Hinterbeine des Tierleins verschonte er und sprach:

›Ich bin jetzt gesättigt, und diesem guten Schafe, das mich mit seinen Vorderbeinen gespeiset hat, lasse ich aus Pietät alle seine übrigen Beine und den ganzen Rest seines Leibes.‹«

Das schrieb Heine im Jahr 1854.

München in russischer Hand

Wir befürchteten die Einschläge von Atombomben, sahen schon Panzer vor uns, die den bayerischen Rundfunk umstellen, und bangten vor russischen Bodentruppen am Oktoberfest. Doch München war schon längst in russischer Hand. Und es brauchte dazu keine Heerscharen aus dem Ural, es genügte ein einziger harmloser Russe: Timofei Wassiljewitsch Prochorow, oder wie man in München sagte: »Väterchen Timofei«.

Er lebte seit 1952 am Oberwiesenfeld, heute bekannt als Olympiapark. Aus Kriegsschutt baute er ein Häuschen und eine kleine Kapelle zum Beten. Ohne Genehmigung natürlich. Obwohl in diesem Jahr noch über 30.000 Münchner in heruntergekommenen Baracken hausen mussten, forderte niemand, den illegalen, russischen Häuslebauer zu vertreiben. Als Timofei im Jahr 2004 starb, galt er als der älteste Münchner. Er sei 1894 am Don geboren und war bereits vierundzwanzig Jahre alt, als der letzte Zar verstarb. Sein Leben besteht aus Legenden, die niemand mehr überprüfen kann. Es heißt, als sich die deutschen Truppen im Zweiten Weltkrieg auf dem Rückzug befanden, wurde er mitsamt seinem Karren dazu gezwungen, Verwundete zu transportieren. Nach vielen Irrfahrten landete er München. Nachkriegszeit. München wuchs, ächzte, aber profitierte unter dem Bauboom.

Dann kam der Zuschlag für die Olympischen Spiele. Das Oberwiesenfeld wurde zum Zentrum der Planungen. Alle Disziplinen sollten auf dem weiträumigen Gelände für ihre Stadien Platz finden, dazu die Unterkünfte für Sportler und die Medienleute. Väterchen Timofei zog sich in seine Kapelle zurück und betete. Das Wunder geschah: Sein

Häuschen blieb stehen und sämtliche Olympiaanlagen wurden um ihn herum errichtet. Schwarzbau, illegaler Aufenthalt, verweigerte Integrationsmaßnahmen, nichts konnte ihn aufhalten: 1 einziger Russe hatte die deutsche Bürokratie besiegt.

Bis heute gilt er nicht als Münchens gefürchtetste Ein-Mann-Russen-Mafia, sondern als ein liebenswertes Wahrzeichen Münchens. Kinderbücher gibt es über ihn.

Als ich Kind war, kannte ich zwar den wunderlichen Eremiten aus Erzählungen, aber niemand pilgerte zu ihm und seiner Kapelle hin. Man machte einen Bogen um seine Behausung, wenn man dort spazieren ging. »Stört's den Timofei nicht.«, das war die Botschaft, nach der sich jeder in München zu richten hatte.

Der Kalte Krieg konnte noch so toben, das Verhältnis der Münchner zu *ihrem* Russen, der von Geburt eigentlich Ukrainer war, wurde nie getrübt. So hatte ich das Glück, sehr früh zu lernen, dass man einzelne Menschen nicht in Sippenhaft nehmen durfte für die Ruchlosigkeit ihrer Politiker. Der Gedanke, von Timofei zu verlangen, sich von Chruschtschow oder Breschnew zu distanzieren, war zu jener Zeit nicht bekannt. Es wäre absurd gewesen.

Unser Gorbi

Michail Gorbatschow war der erste Staatspräsident der Sowjetunion. Bis dahin hießen die Staatsoberhäupter der Sowjetunion offiziell »Generalsekretär der KPdSU« oder »Vorsitzender des Präsidiums des Obersten Sowjets«, um eine kollektive Führerschaft vorzugaukeln.

Als Gorbatschow aus Anlass seines 80. Geburtstages ein Interview gibt, wird es überraschend offen – und kritisch:

»Sehen Sie sich an, wie heute die Führung formiert wird. Man holt sich seine Kumpel. (...) Das spielt die Hauptrolle: persönliche Ergebenheit, Bekanntschaft, freundschaftliche Beziehungen.«

Frage:
Warum sind die Leute, die in Russland an die Macht gekommen sind, so weit weg von dem, was man gemeinhin die Ideale der Perestroika nennt?

Gorbatschow:
»Weil sie nicht gewählt worden sind. Es sind Menschen an die Macht gekommen, die sich nie wirklich auf die demokratischen Prozesse und die demokratischen Institutionen gestützt haben. Seit den 1989er- und 1990er Jahren, als in den Sowjetrepubliken zum ersten Mal demokratische Wahlen stattfanden, hat es ja bei uns überhaupt keine freien Wahlen mehr gegeben.«

Palmyras Münchner Philharmoniker

Jedes Jahr war ich in Palmyra. Eine orientalisch-römische Ruinenstadt mitten in der syrischen Wüste. Ich lernte dort Kamelreiten und träumte davon, eines Tages in dem alten Archäologenhaus zu wohnen, mitten in den Ruinen. Und mir war immer bewusst, dass ich hier an einem der schlimmsten Folterorte der Assads war. Vor mir die antike Säulenstraße, hinter mir das *Sidschn Tadmor*, eines der zehn brutalsten Gefängnisse der Welt. Aber niemand redete darüber.

Im Mai 2015 marschierten die Söldner des »Islamischen Staats« ein und sprengten es. Niemand sollte dem *Islamischen Staat* zujubeln, aber das war eine großartige Tat. Vom Archäologenhaus war es nicht weit hinüber zu den vier imposanten Säulen, die die antike Straßenkreuzung markierten, das *Tetrapylon*, der zweitausend Jahre alte Kreisverkehr. Dann links und man stand am Eingang des antiken Theaters. Die Ruinen waren restauriert und wer auf der Bühne stand, blickte auf das aufsteigende Halbrund mit den Sitzplätzen. Manchmal hatte ich ein gelbes Reclam-Heftchen dabei mit den Stücken des Aristophanes, eines altgriechischen Kabarettisten, und las auf der Bühne laut daraus vor. Nur für mich. Heute wäre mir das peinlich. Im Mai 2015 standen hier Kämpfer des *Islamischen Staats*. Vor den Terroristen knieten 25 syrische Soldaten, die vor laufender Kamera auf der Bühne des antiken Theaters hingerichtet wurden. Die Mörder waren Jugendliche, offenbar waren sogar Kinder darunter. Es ist eines von vielen Horrorbildern, die nie mehr aus dem Kopf gehen.

Ein Jahr später wieder im Theater von Palmyra. Die Kämpfer des *Islamischen Staats* sind vertrieben. Ein russisches Orchester hat vor der Bühne Platz genommen. Mit lässiger Baseballkappe steht ein Mann am Notenpult, den man in München gut kennt: Valery Gergijew, Chefdirigent der Münchner Philharmoniker. Wenige Monate zuvor hatte er den Vertrag in München unterschrieben, jetzt gibt er für seinen Freund und Mentor Putin noch ein Kriegskonzert. Putin nennt es »eine wunderbare humanitäre Aktion«. Die Aufnahmen des Konzerts werden im russischen Fernsehen mit Bildern von Militäreinsätzen zusammengeschnitten. Während das Orchester Bach spielt, bombardieren Putins Truppen Zivilisten in Nordsyrien. Gergijew ist nicht zum ersten Mal in einem Kriegsgebiet, um zu dirigieren. 2008 gab er in der zerstörten Hauptstadt von Ossetien ein Konzert.

Ziemlich genau ein Jahr später wird Orienthelfer, mein Hilfsverein für syrische Flüchtlinge, im Norden Syriens das Opfer russischer Angriffe. Ende Juni 2016 bombardieren russische Jets, wie fast jeden Tag, Stadt und Umgebung von Maaret al Artiq. Die SU-25-Jets wurden für Afghanistan gebaut und können eine Waffenlast von 6.000 Kilogramm transportieren. Die NATO nennt die robusten Bomber »Frogfoot«, die Russen selbst nennen sie »Saatkrähe«. Am Boden sind Feuerwehrfahrzeuge und Krankenwagen stationiert. Davon gibt es viel zu wenige. Drei Jahre zuvor hatten wir das erste gebrauchte Feuerwehrfahrzeug als Spende erhalten und dorthin gebracht. Wir waren schon einige Zeit vorher auf der Suche, aber erfolglos. Ich war gerade auf einer Hilfsreise im Libanon, da klingelte mein Handy: »Hier ist Uli Hoeneß. Ich hab ein Feuerwehrauto für Sie.« Es war das perfekte Auto: Magirus, Allradantrieb, ein Wassertank für 2.500 Liter und erst 26.000 Kilometer auf dem Buckel. *FOCUS* titelte: »Schutzengel für Aleppo«.

Am 26. Juni 2015 darf Raed Al Saleh, der Chef der Syrischen Civil Defense-Einheiten vor dem Sicherheitsrat der Vereinten Nationen sprechen: »Ich kann Ihnen nicht beschreiben, wie unser tägliches Leben aussieht, in dem wir mit den menschlichen Überresten und den Zerstörungen, die diese Waffen anrichten, zu tun haben, vor allem, nachdem die Syrische Armee diese Waffen mit giftigem Chloringas gefüllt hat. Syrer werden tagtäglich mit den verschiedensten Waffen getötet, aber die tödlichsten sind die Fassbomben, wegen ihrer wahllosen Einsätze. Sie zerstören Schulen, Bäckereien, Krankenhäuser, Gebetshäuser, sogar Friedhöfe. Alleine das Geräusch eines Helikopters löst Horror und Panik aus. Und niemand weiß, ob und wann er getötet wird.«

Ein Angriff russischer Jets auf Maaret al-Artiq unterstreicht das, was er sagt: am 9. Februar 2016 bombardierten sie die Abdul Qader Haj Ghazi Secondary School, eine Schule für Mädchen.

Nach einem verheerenden Angriff am Dienstag, den 28. Juni 2016, in Yaked al-Adas, nur zwei Kilometer von Maaret al-Artiq entfernt, rücken die Männer der Civil Defense von Maaret al-Artiq wieder aus. Sie tappen in die »Doppel-Schlag«-Falle. Damit ist gemeint, dass die Bomber zuerst ihre tödliche Fracht abwerfen und nach einigen Minuten wiederkehren, um die zu Hilfe eilenden Rettungskräfte zu bombardieren. Nach internationalem Recht wird so ein Vorgehen als Kriegsverbrechen gewertet.

Mustafa Zahl Abdul Qader und Ahmad Sha'aban Haj Omar, 26 und 24 Jahre alt, starben bei dem Rettungseinsatz im Feuerwehrauto. Auch Abdul Aziz Haj Omar, 22 Jahre, kam dabei ums Leben. Das Magirus-Fahrzeug wurde zerstört. Die jungen Leute saßen auf denselben Sitzen, auf denen ich zweieinhalb Jahre zuvor bei der Übergabe mit Uli Hoeneß saß.

Die russische Kriegsführung in Syrien hatte in diesen Jahren noch keine Aufmerksamkeit in Europa. Wir machten – in stiller Trauer – einfach weiter mit unseren Hilfsaktionen. Im Jahr 2022 änderte sich die Situation. Russische Panzer standen nicht im syrischen Homs, sondern vor den Toren Kiews. Der Philharmonikerchef Gergijew wurde von seinem Arbeitgeber, der Stadt München, aufgefordert, sich von Putin zu distanzieren. Wie sollte er das machen? Er stand ja voll und ganz hinter Einverleibung der Krim durch Putin. Beglaubigt durch seine Unterschrift unter einen offenen Brief. Der Münchner Oberbürgermeister Dieter Reiter kündigte Valery Gergijew.

Ein Raunen ging durch die Kulturwelt. Darf man das? Kultur und Politik vermengen? In diesem Fall ja. Gergijew ist zwar Dirigent, aber tritt ebenso in Wahlspots für Putin auf. Er selbst stellt seine Person als Künstler für Putins Politik zur Verfügung.

Aber er ist nicht der erste Chef der Münchner Philharmoniker, der in München UND Moskau für Furore sorgte. Am Montag, den 31. Oktober 1988 schreibt die Münchner *tz*: »Die Philharmoniker in Moskau stürmisch gefeiert«. Mit 7,5 Tonnen Gepäck reisten die Münchner Musiker zu mehreren Konzerten in die sowjetische Hauptstadt, geleitet von dem 75jährigen Sergiu Celibidache. Anlass war der Staatsbesuch von Bundeskanzler Helmut Kohl in Moskau im gleichen Jahr. Die sowjetischen Truppen standen auch damals im Krieg. Aber Afghanistan war weit weg.

Ich marschiere ein, weil...

Die Weltenherrscher sind stolz und selbstbewusst. Ohne mit der Wimper zu zucken massakrieren sie Menschen, lassen sie verhungern oder schütten ihnen ätzende Flüssigkeiten ins Gesicht. Sie machen das nicht selbst. Für ein paar Dollar übernimmt das der ortsansässige Schlächter. Besonders herzhaft lachen können sie über Wahllokale und Ansprachen über die Menschenrechte. Aber sobald es um den militärischen Einmarsch in ein anderes Land geht, mutieren sie zu armseligen Kindergartenjungs. Sie lügen und erfinden Ausreden.

Soweit so gut. Wir wissen das. Wir können es nicht ändern und lassen es über uns ergehen. Aber eine Frage bleibt: Warum reagieren wir auf »Massenvernichtungswaffen und Irak«, aber nicht auf »Buinaksk und FSB«?

Nie gehört?

Es wäre nicht einmal Geheimwissen verlangt, es gibt sogar Wikipedia-Einträge auf Deutsch darüber. Wer »Massenvernichtungswaffen« und »Irak« in Internetsuchmaschinen eingibt, erhält in weniger als einer Sekunde 200.000 Artikel dazu griffbereit. Niemand braucht sie, denn wir »wissen« ja ganz genau, was da los war: Die Amis logen, weil sie einen Kriegsgrund brauchten. Dann marschierten sie im Irak ein, zerstörten alles, und hinterließen ein derartiges Chaos, dass der ganze Nahe Osten ins Trudeln geriet. Darüber hinaus war es ein Bruch des Völkerrechts.

So einfach, so schön.

Wer in die Suchmaschine »Buinaksk« und »FSB« eingibt, bekommt 21.900 Artikel angeboten. Das ist auffällig weniger. Das liegt vor allem daran, dass es uns drecksegal ist, was dahinter steckt.

Es war die Zeit, als Wladimir Putin Direktor des FSB war und nach Höherem strebte. (Der FSB ist der Nachfolger des KGB, der Verfassungsschutz Russlands.) Nach dem Zusammenbruch der UdSSR kristallisierte sich im Süden eine unabhängige Republik heraus: Tschetschenien. Russland führte den ersten Tschetschenienkrieg – und verlor. Im Jahr 1999 bot sich erneut die Gelegenheit anzugreifen. Aber man suchte nach einem Grund. Schnell kam jemand auf die Idee: Anschläge! Auf Zivilisten. Das wäre besonders hilfreich. Und dann ging es los:

August 1999 in Moskau: 1 Toter, Verletzte.

September 1999 in Buinaksk: 64 Tote (23 Kinder), 164 Verletzte.

8. und 13. September 1999 in Moskau: 212 Tote.

16. September 1999 in Wolgodonsk: 17 Tote.

23. September 1999 in Rjasan: Vereitelung eines Anschlags.

Es stand sofort fest: Die Tschetschenen waren es! Russische Truppen marschieren in Tschetschenien ein. Gemessen an der Einwohnerzahl töten sie doppelt so viele Menschen wie die Amerikaner im Irak. Folter, Mord, Vergewaltigungen, Menschenrechtsverletzungen, Kriegsverbrechen, Korruption – alles, was das Lexikon der Menschen-Quälerei hergibt, haben die russischen »Spezialtruppen« verbrochen.

Doch bis heute ist nicht geklärt, wer die Anschläge verübte. Vom Anschlag in Buinaksk weiß man, dass Ammoniumnitrat verwendet wurde. Das ist der Stoff, der als Düngemittel verkauft wird und als Sprengstoff eingesetzt wird. Auch in der fünftgrößten Explosion der Weltgeschichte: Im Hafen von Beirut. Woher stammte es? Wahrscheinlich kam es über (namentlich bekannte) Syrer, die in Russland leben, in den Libanon.

Im Jahr 2009 interviewt die *taz* einen ehemaligen Oberst des FSB, der zu Anschlägen in Russland sagt: »Unter den angeblichen Tätern war kein einziger Tschetschene.«

Aber es gab eine heiße Spur! Ein dubioser Kerl namens Romanowitsch, der beste Kontakte zu den Tschetschenen hatte und mit dem FSB zusammenarbeitete. Er mietete die Wohnungen an, in denen der Sprengstoff gelagert wurde. Man war also dran!

Leichtsinnigerweise ließ sich Romanowitsch auf Zypern von einem Mercedes überfahren. Kurz vor seinem Verhör…

Der zweite Anschlag in Moskau wurde mit circa 400 Kilogramm Hexogen verübt. Bei dem Anschlagsversuch in Rjasan ließen sich die Idioten des FSB beobachten, als sie die Säcke von einem gestohlenen Auto in das Versteck hievten. Die FSB-Chefs waren zu einer Stellungnahme gezwungen und sagten aus: Das Hexogen war gar kein Hexogen, sondern Zucker. Und das Ganze war eine Übung.

Seither hatte Wladimir Putin einen neuen Spitznamen: »Mister Hexogen«.

Alle, die daraufhin ermittelten, oder in der Nähe waren, waren schnell tot oder im Gefängnis. Die Liste der Opfer ist lang. Besonders der Liste mit den »unnatürlichen« Todesursachen.

Der sowjetische Dissident Sergei Kowaljow sagte 2008 im WDR: »Die Entscheidung des damaligen Regierungschefs und künftigen Präsidenten, einen neuen Krieg zu beginnen, wurde mit Begeisterung begrüßt. (...) Wer ist Putin? Vor dem September 1999 konnte nicht einmal ein Politiker darauf antworten, geschweige denn ein Mensch auf der Straße. Niemand wusste was von ihm. Doch danach schoss sein Rating in die Höhe. Die Anschläge auf die Wohnhäuser spielten dabei eine äußerst wichtige Rolle.«

Wer Irak sagt, sollte wissen, was Buinaksk bedeutet!

Apropos

Die Welt kämpft im Januar 2022 verzweifelt gegen den Einmarsch, mit einer Sitzung des UN-Sicherheitsrats.
Die USA warnen vor »der größten Mobilisierung von Truppen in Europa seit Jahrzehnten«.
Russland antwortet: »Hysterie.«
Russland wollte die Sitzung verhindern, aber 10 der 15 Mitgliedsstaaten stimmten dafür. Die USA bitten um Rückzug der circa 100.000 Soldaten ins russische Hinterland, inklusive der offensiven Kampfeinheiten.
»Die Diskussionen um eine drohende Kriegsgefahr sind an und für sich provokativ. Sie rufen fast danach. Sie wollen, dass es passiert.«, so Russlands UN-Vertreter Wassili Nebensja.
Er betont, dass sich alle Soldaten auf russischem Hoheitsgebiet befinden und es daher eine Einmischung in innere Angelegenheiten sei. Er verlässt die Sitzung.
Der Sicherheitsrat ist das mächtigste Gremium der Welt.
Als Putin im Februar einmarschiert, hat Wassili Nebensja den Vorsitz und das Vetorecht im Sicherheitsrat.

Oskar Maria Graf und der Russ'

Als ich als junger Kabarettist nach den Auftritten mit den älteren, bekannteren zusammensitzen durfte, ging es immer irgendwann um Oskar Maria Graf. *Wir sind Gefangene* und *Gelächter von außen*, und ob ich schon *Das Leben meiner Mutter* gelesen hätte. Ein Muss!! Ich schwafelte irgendeine Ausrede daher und bestellte mir noch ein Bier. In dieser Atmosphäre der posthumen Huldigung traute ich mich nicht zu sagen, dass mir »die Mutter« einfach zu lang war.

Oskar Maria Graf war da schon zwanzig Jahre tot. Ich lernte schnell, dass man Graf sensationell finden sollte. Alleine die Geschichte, als er von Hitler in der Münchner Kurfürstenstraße erkannt und angesprochen worden war und der nicht mehr aufhören wollte zu reden. Die beiden gingen Dampfnudeln essen. Dabei redete Hitler immer weiter. Am Ende zwingt Oskar Maria Graf den späteren Führer seine Zeche zu übernehmen. Hitler war fassungslos und drohte mit der Bemerkung, »solche Kreaturen« seien »vorgemerkt«.

Inzwischen habe auch ich den Wert des Oskar Maria Graf erkannt. Nicht nur, weil meine Kabarett-Karriere gemeinsam mit einem Schüler des Schwabinger Oskar-Maria-Graf-Gymnasiums begann. Unsere ersten Bühnenschritte als Schülerkabarett erprobten wir am »Oskar«.

Oskar Maria Graf, der Bäckerssohn vom Starnberger See, Jahrgang 1894, empörte sich zunächst zuhause. Die ewige Gängelung und die täglich verordnete Unterwürfigkeit zwangen ihn zur Flucht nach München. Er geriet in linke Kreise, beteiligte sich an Streiks und war nach dem ersten Weltkrieg unter den »Revoluzzern« zu finden. Aber er gestand: »Nie kannte ich mich richtig aus. Ich wollte nur Empörer sein.«

Er war ein Unbequemer und repräsentiert bis heute *das andere Bayern*. Das Bayern, das nicht CSU wählte, das nicht die »Hamma-scho-immer-so-gmacht«-Attitude pflegte, das nicht obrigkeitshörig war. Und dennoch Lederhosen trug. Wie Graf.

Am 22. August 1958 sollte er im Münchner Cuvilles-Theater eine Lesung halten. Es war sein erster Besuch in Deutschland, nachdem er 1933 ausgebürgert worden war und über viele Zwischenstationen nach New York emigriert war. Der Empfang in der Heimat war nicht nur kühl, sondern war gar kein Empfang. Am Flughafen erschien niemand von Rang, in der Stadt war kein Hotelzimmer gebucht, und als er im Cuvilles-Theater in seiner Lederhose vortragen wollte, löste er damit einen Skandal aus. Es sei unumstößliche Vorschrift, hieß es, in diesem altehrwürdigen Rokoko-Theater im Abendanzug zu erscheinen. Trachten müssen draußen bleiben.

Aber Graf blieb beim Thema Tracht standfest und fragte, ob man lieber einen Anzug oder einen Autor auf der Bühne wünsche. Erich Kästner, eigentlich Satiriker und den skurrilen Geschichten nicht abgeneigt, sollte die Laudatio auf Oskar Maria Graf halten. Als er hörte, dass der Geehrte entgegen der Kleiderordnung in Lederhose erscheinen würde, sagte Erich Kästner ab.

Wegen all dieser Anekdoten liebten wir Oskar Maria Graf umso mehr. Und nahezu jeder aus unserer Bühnenbranche präsentierte sich mit Grafs Werken, vorlesend, verfilmend, vertonend. Man konnte aus dem Vollen schöpfen. Aber immer wurde ein großer Bogen gemacht um ein bestimmtes Werk. *Reise nach Sowjetrussland 1934* heißt das kleine Buch von Oskar Maria Graf. Der *Verlag der Nation* brachte es 1977 heraus, für nur 8 Mark 50. Aber das waren Ostmark, der Verlag war in Ost-Berlin zuhause, der Hauptstadt der DDR, oder wie die *BILD* damals zu schreiben pflegte »DDR«.

Als die Nazis das Sozialistentum und die bäuerliche Herkunft Oskar Maria Grafs mit ihrer eigenen Blut-und-Boden-Haltung verwechselten und deshalb seine Werke auch nicht verbrannten, ging Graf noch 1933 ins Exil und bat schriftlich: »Verbrennt mich«. Was man dann auch tat.

Oskar Maria Grafs Leben in der Flucht begann. Nach Tschechien und Österreich war die dritte Station die Sowjetunion. Und er schrieb darüber: »Meine bisher größte und unterhaltlichste Reise war diejenige nach Moskau im Sommer 1934. Ich war eingeladen zum Unionskongreß der Sowjetschriftsteller.« Auch in der noch jungen Sowjetunion erregte er mit seiner bayerischen Lederhose Aufsehen. Kinder liefen hinter ihm (oder der Hose) her, Passanten blieben stehen, staunten, lachten und schüttelten den Kopf über ihn (oder die Hose), aber Graf spottete darüber: »Meine Lederhosen werden doch die solide Sowjetunion nicht aus dem Konzept bringen.«

Als der Zug bei der Einreise die polnisch-sowjetische Grenze überquerte, beugten sich die Reisenden begeistert aus dem Fenster und schrien den Rotgardisten, die von einem Turm aus die Grenze bewachten, mit geballter Faust zu: »Rot Front! Rot Front!« Graf schreibt: »Alle Augen hingen an den Rotgardisten. Die aber – ich musste heimlich lächeln und fand es ganz gut – beachteten uns kaum. Unbeteiligt standen sie da. Das enttäuschte die meisten. Hm, die hätten viel zu tun, wenn sie jeden weiß Gott wie begrüßen wollten, der in ihr Land kommt. Wen grüßen sie denn? Menschen, die zum größten Teil eine Vergnügungsreise dorthin machen, alles bequem anschauen können und wieder heimfahren.«

Auf Vergnügungsreise war Oskar Maria Graf nicht. Er hatte seine Heimat zurückgelassen, und eine Rückkehr hätte ihn die Freiheit oder sogar das Leben gekostet. Seine Wohnung und seine Bibliothek hatten die Nazis bereits beschlagnahmt.

Er marschierte mit seinen Begleitern zum Kreml und besuchte das Mausoleum, das ihn fassungslos zurückließ: »Das unsterbliche Genie wie eine Wachspuppe in einem gläsernen Sarg. (...) da hat man, wie um ihn im Tode zu verhöhnen, seinen Körper als Reliquie ausgestellt! Lenin! Lenin! Nein, das ist nicht mein Lenin.«

Als er in Moskau in ein Kino ging, in dem »ein europäischer Lustspielkitsch« lief, wird Oskar Maria Graf von der Reaktion des Moskauer Publikums überrascht: »In der Handlung kam eine Rolltreppe vor. Sofort setzte ein besessenes Klatschen ein, ein jubelnder Beifall brach aus. Immer, wenn die Treppe auf dem Bild erschien, das gleiche, schier so, als sei nur sie das einzig Sehenswerte.«

Oskar Maria Graf wurde durch Fabriken geführt, mit Arbeiterinnen und mit Intellektuellen bekannt gemacht und er war begeistert, alte Freunde, Kollegen und Wegbegleiter zu treffen wie Ernst Toller oder Klaus Mann. Über die Begegnung mit dem bewunderten Maxim Gorki schreibt Graf: »Ich drückte Gorki fest die Hand, er sah mich an und ich streichelte sie. Er murmelte irgend etwas, das sehr väterlich klang. ›Wir danken Ihnen alle, Maxim Gorki. Es ist so schön in der Sowjetunion!‹ sagte ich.«

Oskar Maria Graf verließ die Sowjetunion mit großer Begeisterung. Noch drei Jahre später notierte er, man fühle sich immer mehr mit der Sowjetunion verbunden, »weil man weiß, dort ist der richtige Weg zur Befreiung beschritten worden, weil man die glänzenden Resultate eines sozialistischen Aufbaus tagtäglich verfolgen kann.« Als 1938 Hilters Truppen in die Tschechoslowakei einmarschieren, muss er sein vorübergehendes Exil dort abbrechen und über Holland nach Amerika fliehen. In seiner New Yorker Wohnung hängt er die Bilder vom bayerischen Märchenkönig Ludwig II. und Lenin nebeneinander an die Wand.

Ist Oskar Maria Graf Stalinist? Nein, und ja. Wenn er über die Stalinsche Verfassung der Sowjetunion Sätze schreibt wie: »Ich bin keiner von jenen Menschen, die gleich in allzu große und unechte Töne verfallen, wenn sie wahrhaft ergriffen werden, aber der Mann, der diese Verfassung geschaffen hat, ist unzweifelhaft eine ganz große überragende Erscheinung. Was seid Ihr Sowjetmenschen doch für glückliche Leute!«

Als Oskar Maria Graf diese Sätze niederschreibt, ist Stalin gerade beschäftigt. Er überzieht das Land mit einer weiteren Terrorwelle: mit dem *Bolschoi Terror*, dem »Großen Terror«, im Westen bekannt als die »Große Säuberung«. Innerhalb von nur eineinhalb Jahren lässt »die große überragende Erscheinung« Stalin 1,5 Millionen Menschen verhaften. Die Hälfte werden einfach erschossen.

Muss nun Oskar Maria Grafs Geschichte umgeschrieben werden? Nein, sie muss nur vollständig erzählt werden. Und wir würden ein Lehrstück darüber vorfinden, was es aus Menschen macht, wenn in der Heimat Gewalt und Gesetzlosigkeit die Macht übernehmen und man gezwungen ist zu gehen.

Und wir täten gut daran, über Oskar Maria Graf und Stalin zu erzählen. Denn in dem Land, wo das alles passierte, ist es schwer möglich. Putin hat seine ganz eigene Interpretation der stalinistischen Morde.

Putin nimmt das Wort vom »Bolschoi Terror« nicht in den Mund, er spricht lieber von dem »Ereignis, das 1937 begann«. Und dann legt er los mit der Schelte der anderen: »Wir haben keine Atombomben gegen Zivilisten eingesetzt. Wir haben nicht mehrere tausend Quadratkilometer mit Chemikalien besprüht und haben nicht auf ein kleines Land wie Vietnam sieben Mal so viele Bomben abgeworfen wie im ganzen Zweiten Weltkrieg. Es gab auch andere dunkle Seiten nicht, etwa den Nazismus.« Aufarbeitung der eigenen Geschichte geht anders. Aber Putin »will nicht zulassen, dass uns ein Schuldgefühl aufgezwungen wird«. Der Unterschied zwischen Oskar Maria Graf und Putin ist, dass es Graf womöglich nicht besser gewusst hat (oder nicht wissen wollte), aber Putin es weiß, was passiert ist. Damit ist geklärt, wer von beiden der echte Stalinist ist.

Apropos

Auch der Münchner Schriftsteller Lion Feuchtwanger reiste nach Moskau (1937) und schrieb darüber. Seine Frau Marta informierte die Freunde: »Lion ist nach wie vor begeistert, er war drei Stunden bei Stalin.« An Brecht schreibt Feuchtwanger: »Es war wirklich ein Jammer, dass wir nicht zusammen in Moskau waren.« Jeder Schritt von ihm wurde überwacht, der Spitzel war seine Dolmetscherin. Sein 16-bändiges Gesamtwerk ist nicht in Bayern, sondern in der DDR erschienen. Ich wollte es haben.
Mit diesem Stapel in der Hand stand ich am 4. November 1989 inmitten der größten Demo der DDR vor dem Palast der Republik. Ein paar Tage später fiel die Mauer.

Ein Berliner Russe und das Wolgalied

Ich war sechs Jahre alt, als während einer Nikolausfeier in den tief verschneiten Bergen am zugefrorenen Tegernsee die Entscheidung fiel: Ich will Zither lernen. Dieses Saiteninstrument gilt als äußerst schwierig zu erlernen, wenn auch am Ende oft nur billig gereimte Alpenliedchen herauskommen. Aber es ist zu Unrecht verschrien. Die Zither war lange Zeit ein Saloninstrument, gezupft von Männern mit Frack und Fliege. Wer es beherrscht, kann es inzwischen an den Musikhochschulen und am Konservatorium studieren, als Abschluss winkt der *Bachelor of Arts*. In meiner Jugend verdiente ich etwas Geld durch Auftritte in Restaurants und bei unzähligen Beerdigungen. Für fünf Mark Trinkgeld war ich immer gerne bereit, das Lieblingsstück eines Gastes mehrfach zu wiederholen. So kam es einmal zu zwanzig Wiederholungen des »Andreas-Hofer-Liedes«.

Ganz oben auf der Wunschliste stand ein Klassiker: »Das Wolgalied«. Ein Hit aus der Operette *Der Zarewitsch* von Franz Lehar, uraufgeführt 1927 in Berlin. Ort und Zeit der Handlung: Sankt Petersburg im 19. Jahrhundert. Ein Happy-End gibt es in der Operette nicht.

Der österreichisch-ungarische Komponist Franz Lehar wurde zur tragischen Figur. Mit 1,65 Meter etwas klein, aber mit blauen Augen und blondem Haar passte er gut in Hitlers Arier-Klischee und wurde sein Lieblingskomponist. Lehars jüdische Ehefrau sollte mehrmals deportiert werden, aber Hitler erklärte sie kurzerhand zur »Ehren-Arierin«, was ihr das Leben rettete. Lehar sollte komponieren und komponieren, was nicht so einfach war, da sein musikalisches Umfeld und vor allem seine Librettisten fast ausnahmslos Juden waren. Viele davon kamen in den KZs um, manche konnten fliehen. Darunter meine Verwandten aus der Wiener Musiker-Dynastie der Kneplers. Großonkel Willi floh nach Argentinien und schrieb die Kritiken über die Aufführungen in der Deutschen Oper von Buenos Aires. Jahrzehnte später saß ich in Münchner Gastwirtschaften und zupfte das Wolgalied:

Allein! wieder allein!
Einsam wie immer.
Vorüber rauscht die Jugendzeit
In langer, banger Einsamkeit.
Mein Herz ist schwer und trüb mein Sinn,
Ich sitz' im goldnen Käfig drin.

Es steht ein Soldat am Wolgastrand,
Hält Wache für sein Vaterland.
In dunkler Nacht allein und fern
Es leuchtet ihm kein Mond, kein Stern!
Regungslos die Steppe schweigt,
Eine Träne ihm ins Auge steigt:
Und er fühlt, wie's im Herzen frisst und nagt,
Wenn ein Mensch verlassen ist, und er klagt,
Und er fragt:

Hast du dort oben vergessen auch mich?
Es sehnt doch mein Herz auch nach Liebe sich.
Du hast im Himmel viel Engel bei dir!
Schick doch einen davon auch zu mir.

Natürlich spielte ich die traurige Weise des Zarensohnes Alexej nicht nur vor Publikum, sondern auch an Weihnachten und den Geburtstagen im Familienkreis. Es war das Lieblingslied meiner Großtante »Dadi«, die wohl in Erinnerung an beide Weltkriege jedesmal reichlich Tränen vergoss. Selbst als ich die Zither in meine Kabarett-Auftritte einbaute, kam ich ohne »Wolgalied« nicht davon. Nach den Auftritten, saß oft mein Freund Ottfried Fischer mit am Tisch, der mit gewaltigem Bariton »Allein, wieder allein!« schmetterte. Hätte er je einen Vollbart getragen, wäre er dem berühmtesten aller »Wolgalied«-Sänger zum Verwechseln ähnlich gewesen: Ivan Rebroff.

Der russische Sänger war in unserer Wohnung immer präsent, auf Plattenhüllen, in Fernsehzeitungen und als ewige Wiederholung im Radio. Rebroff trat in allen Sendungen auf, die das damalige Fernsehen hergab. Eingepackt in einen bodenlangen Pelzmantel und auf dem Kopf die überdimensionierte Pelzmütze, wäre er heute in der Öffentlichkeit seines Lebens nicht mehr sicher. Damals rührte er Millionen zu Tränen, wenn im Fernsehstudio die künstlichen Schneeflocken zu seinen Liedern zu Boden schwebten.

Damit war mein Weltbild zu Russland fertig: Schnee, Kälte, Melancholie und die Liebe zu Gesang, Weib und Wodka. Kalter Krieg, atomare Bedrohung und Unterdrückung kamen darin nicht vor. Ivan Rebroffs Interpretationen des »Wolgaliedes«, »Kalinka« oder »Wenn ich einmal reich wär'« waren die Parallelwelt zu Breschnew und Warschauer Pakt. Das war der Russe, den sich jeder wünschte. Über vier Oktaven singend, und keiner Fliege zu Nahe kommend.

Es dauerte Jahrzehnte, bis ich erfuhr, dass Ivan Rebroff in Wahrheit Hans-Rolf Rippert aus Berlin war. Als singender Russe verkaufte er über zehn Millionen Schallplatten. Auftritte in der DDR lehnte er ab. Nach dem Kollaps der UdSSR schrieb ihm Gorbatschow persönlich: »Wir wollen Sie! Unbedingt!«, und Hans-Rolf Rippert erhielt einen russischen Pass. Die *taz* befragte ihn zu seinen Auftritten in Russland, worauf er antwortete: »Ich singe mein ganzes Leben lang von diesem Volk, von diesem Land, und jetzt habe ich die große Freude, dort musizieren und arbeiten zu dürfen. Und da sollte ich in kapitalistischer Währung bezahlt werden? Da würde ich mir schäbig vorkommen, ich bestehe auf Rubel.« In Russland erhält er Standing Ovations, in Deutschland bewundert er Franz Josef Strauß und Richard von Weizsäcker. Zu den Berliner Verhältnissen sagt er: »Und dass die Tunten jetzt durch das Rathaus wirbeln, finde ich großartig.«

Ivan Rebroff reproduzierte das Russland-Klischee wie kein zweiter, dennoch lagen ihm die Menschen des Riesenreiches sehr am Herzen: »Perestroika heißt Umbau. Damit hapert es noch. Die ganze Sache kann in einer Katastrophe enden, wenn die Perestroika nicht umfassend und schnell stattfindet. Die Fleischtöpfe sind fast leer und werden immer leerer.«

Ein Popstar mit politischer Weitsicht.

Im Umgang mit Putin ging uns die Weitsicht oft verloren. Wie die Urne von Ivan Rebroff. Asche nicht mehr auffindbar.

Durchgeknallte Tschetschenen

Die beiden Herren erfüllen das Klischee des gewaltbereiten Moslems, der die Welt erobern will, bis ins letzte Barthaar. Magomed Daudov und Ramsan Kadyrow. Beide tragen lange Bärte und kämpfen in der Ukraine »gegen die Faschisten«, wobei sie sich gerne selbst filmen.

Magomed Daudov ist der Vorsitzende des tschetschenischen Parlaments. Eigentlich ein seriöser Job, der Vorbildfunktion verlangt. In Tschetschenien ist das anders. Daudov meldete im August 2022 die Eroberung der Region Luhansk in der Ostukraine mit den Worten: »Wenn uns Putin nicht aufhält, werden wir Berlin unbesiegt erreichen.«

Putin gefällt das und widerspricht seinen Waffenbrüdern natürlich nicht, in der Hoffnung, uns Angst einzujagen. Wir erschrecken tatsächlich über die tschetschenische Kriegserklärung. Aber weniger über die Vorstellung vor dem tschetschenischen Einmarsch am Prenzlauer Berg, sondern vielmehr über den grenzenlosen Irrsinn.

Bis zur endgültigen Abreise nach Berlin, sagen die beiden Kaukasuswilden, würden sie in Luhansk noch »den Islam verteidigen«. Der Anteil von Moslems an der ukrainischen Bevölkerung liegt bei vier Prozent, von Verfolgung kann keine Rede sein.

Der zweite des bärtigen Pärchens ist der tschetschenische Präsident persönlich, Ramsan Kadyrow, mit dem Spitznamen »Bluthund Putins«. Ein Mörder von allen, die ihm in den Weg kommen, seien es Schwule oder Menschenrechtsaktivistinnen. Ein Krieg in der Ukraine kommt da gerade recht. In der Hitparade der widerlichsten Zitate steht er weit oben: »Those who criticize Putin are not human: they are my personal enemies.« Oder: »As long as Putin backs me up, I can do everything – Allahu akbar.« Und »My dream is that all Chechen women should wear headscarves.« Auch die Atombombe ist ihm nicht fremd: »We have a strong government and a nuclear state. Even if our government was completely destroyed, our nuclear missiles would be automatically deployed.«

Es ist für Außenstehende verwirrend, denn anscheinend gibt es gute und böse Tschetschenen. Aus Sicht von Putin sind Kadyrow und Daudov die Guten. Die Bösen haben vor genau zwanzig Jahren mitten in Moskau ein Theater überfallen und über 800 Zuschauer und Schauspieler als Geiseln genommen. Sie forderten von Putin den Abzug der russischen Truppen aus Tschetschenien. Sie fesselten die Zuschauer mit Klebeband an die Theatersessel und drohten, das ganze Theater in die Luft zu sprengen. 100 Granaten, 18 Kalaschnikows, 20 Pistolen und über 100 Kilogramm Sprengstoff hatten vierzig Terroristinnen und Terroristen in das Theater geschmuggelt. Unerkannt – angeblich.

Nach 58 Stunden leiteten die russischen Einsatzkräfte ein bis heute unbekanntes Gas in das Theater, um die Terrorgruppe zu betäuben. Dann wurde gestürmt. Die Terroristen und über 130 Geiseln starben. Nur fünf davon wiesen Schusswunden auf. Viele Geiseln starben, als man sie aus dem Theater trug. In der Bewusstlosigkeit kippten die Köpfe nach hinten und sie erstickten an Erbrochenem.

Extremistische Tschetschenen kennt man seit einigen Jahren auch aus Syrien. Sie kämpften als Söldner für den Islamischen Staat und manche von ihnen haben in Syrien kleine, eigene, aber abscheuliche Kalifate ausgerufen.

Paradox, denn damit sind sie die erklärten Feinde von Syriens Diktator Assad – der aber wiederum von Russland militärisch unterstützt wird. Das bedeutet, dass Russen in Syrien gegen Tschetschenen kämpfen, aber Tschetschenen in der Ukraine an der Seite der Russen. Beide Male mit demselben Ziel:

»Den Islam verteidigen.«

Niemand muss hier durchblicken. Der *STERN* schrieb: »Russische Soldaten foltern Gefangene, verschleppen Unschuldige, vergewaltigen Frauen.« Menschenrechtler werden zitiert, Putin gebe »weiterhin dem Militär freie Hand zur Verletzung der fundamentalsten Grundsätze der internationalen Menschenrechte«. Der Artikel erschien nicht zum Ukrainekrieg, sondern im Herbst 2002, er hatte den zweiten Tschetschenienkrieg zum Thema, in dem bis dahin 150.000 Menschen umgekommen waren.

Zu dieser Zeit war Putin im Westen ein geschätzter, gern gesehener Gast.

Der Gedächtnisverlust

Die Liaison von Ukraine und EU ist dem Kreml ein Dorn im Auge. Putin ließ seine Sprecherin verkünden, dass es sich dabei um »politische und wirtschaftliche Erpressungsmethoden« handelt.

Putin hat vergessen, was er im Jahr 2004 beim Besuch des damals neuen spanischen Ministerpräsidenten Zapatero in Moskau der Welt verkündet hat:

»Wenn die Ukraine der EU beitreten will und dort willkommen ist, können wir das nur begrüßen.«
Hoppala.

Apropos

Putin gilt als Verfechter alter Sowjettraditionen. Ist dann die Gesellschafts- und Staatsordnung der UdSSR nicht auch noch gültig für ihn?
»Die Verfassung der UdSSR verpflichtet die Sowjetunion, die souveränen Rechte der Unionsrepubliken zu schützen. Diese Aufgabe wird von der Sowjetunion als eine heilige Pflicht erfüllt.«
Souveränität? Ukraine?

Verbotene Bücher

Im März 1997 erhalte ich einen Brief aus Rom. Es ist die Reiseplanung für eine äußerst exklusive Reise hinter die Kulissen des Vatikan. Der Absender des Briefes ist Rudolf Paul Koletzko, ein Insider für bayerische Belange in Rom. Er schrieb: »Ich hätte die Erlaubnis für die Besuche sowohl der Apostolischen Bibliothek, als auch des Vatikanischen Geheimarchivs. Wenn Sie zur rechten Zeit mir eine kleine Wunschliste von Dokumenten für beide Institutionen zuleiten, würden diese zugänglich gemacht werden.« Hatte ich mich verlesen? Ich darf eine Wunschliste schicken, was ich im geheimsten Archiv der Weltgeschichte sehen will? Es war so. Und ich durfte alles sehen. Tief unter der Erde, geschützt von massiven Stahltüren, stand ich dann vor der ältesten Handschrift von Homers Aeneis und der Bannbulle Heinrichs VIII. und etlichen anderen Dokumenten.

Und doch ist das *Archivum Secretum Apostolicum Vaticanum* kein Geheimarchiv. Das Wort *Secretum* im Titel bedeutete bei der Gründung nur, dass es sich um die private Bibliothek des Papstes handelte. Papst Franziskus strich es ganz aus der Bezeichnung. Das Vatikanische Archiv mit seinen unzugänglichen Dokumenten und Büchern ist aber nur ein Zwerg gegen den *Spezchran*. So heißt die geheime Abteilung der *Leninika*, der staatlichen Lenin-Bibliothek in Moskau. Der Zugang zu den versteckten 300.000 Büchern, 560.000 Zeitschriften und 1 Million Zeitungen war nur für einen penibel ausgewählten Kreis von Benutzern möglich. (Im Vatikan geht es »nur« um insgesamt 35.000 Bände, von denen 6.000 auf dem *Index librorum prohibitum* standen).

Karl Schlögel schreibt in seinem mächtigen Band »Das sowjetische Jahrhundert« über die geheimen Bestände der

UdSSR: Es war »mehr als nur Zensur, sondern die über Jahrhunderte hinweg erfolgte, staatlich verordnete und historisch beispiellose Säuberung des Bibliothekswesens einer ganzen Nation«. Erst Gorbatschow begann damit, die »versteckten« Bücher und Dokumente in die allgemein zugänglichen Bestände zurückzuführen. Unabhängige Forschung war durch das Wegsperren der »schädlichen« Literatur für ein ganzes Jahrhundert in Russland nicht möglich. Internationales, Anti-Revolutionäres, harmloses, aber westliches, bis hin zu einfachen Schulbüchern aus der Zarenzeit – war weg.

Das Wegsperren von Büchern löst in Zeiten von eBook, Youtube und Twitter keine Aufregung mehr aus. Totalitäre Regime sperren heute das Internet, wie der Iran im Herbst 2022, als es zu Straßenprotesten kam, nachdem eine junge Kurdin wegen eines schief sitzenden Kopftuchs von Religions-Polizisten ermordet wurde. Dazu kommt, dass immer mehr Journalisten, die aus Konfliktregionen berichten, gezielt abgehört, verfolgt oder umgebracht werden. Sie kommen gar nicht mehr zum Schreiben. Putin erließ kurz nach dem Einmarsch in die Ukraine neue Zensurgesetze, die im Kern sogar der russischen Verfassung widersprechen. Die *F.A.Z.*, die seit 1956 Korrespondenten in Moskau hat, zog ihre Journalisten ab. Journalistische Arbeit ist in Putins Russland nicht mehr möglich.

Koletzko, der ehemalige Kontaktmann in Rom, der sich im Netzwerk von JU, BR und dem Augsburger Bischof Stimpfle, dessen Sekretär er war, bewegte, entpuppte sich als Hochstapler und Betrüger. Unter anderem verkaufte er seinem Bischof einen Originalstich für das zehnfache des Wertes. Ich habe keinen Zugang mehr zum Geheimarchiv des Vatikan. Egal. Viele Dokumente gibt es inzwischen online.

Gute Freunde kann niemand trennen

Sie sind Oligarchen aus Leidenschaft. Auf sie kann sich Putin verlassen. Sie sind keine Russen, sie haben Geld, und wenn sie sprechen, werden die Mikrophone gezückt. Da ist zum einen der Vorzeige-Unternehmer Wolfgang Grupp. Der heilige Grupp. Denn er kümmert sich wie ein Familienvater um seine Trigema-Angestellten, er hat schon Uli Hoeneß abblitzen lassen, und er produziert nicht in Asien, sondern »bei uns«. Das einzige Nicht-Deutsche an ihm: Sein Lieblings-Auto ist ein russischer Lada Niva. Er zahlt alles in bar. Er ist einer, dem man vertraut.

Aber mit einem geschätzten Vermögen von nur 100 Millionen zählt er nicht zu den engen Freunden von Putin. Dennoch hält er ihm die Stange. »Die mal unverhohlene, mal kaschierte Hetze gegen Putin muss aufhören. Putin ist kein Kriegstreiber. Er hat in der Ukraine-Krise nicht agiert, sondern reagiert.« Was wieder einmal zeigt, dass die Herstellung von Funktions-Shirts und Kriegsführung zwei verschiedene Dinge sind. Zum Glück.

Ein gröberes Kaliber ist der ehemalige Rennfahrer und Formel1-Opa Bernie Ecclestone. Nachdem Putin die Krim und die Ostukraine annektiert hatte, fiel Ecclestone dazu ein: »Putin, er ist ein ganzer Kerl, der Europa regieren sollte.« Auch seine Analyse zum Überfall auf die Ukraine im Februar 2022 ist bemerkenswert. »Ich bin mir ziemlich sicher, dass die Ukraine, wenn sie es gewollt hätte, sich aus der Sache heraushalten hätte können.« Die Bewunderung für den russischen Präsidenten ist grenzenlos, Putin sei »eine erstklassige Person«, »ehrenhaft«, »vernünftig«, und sein Freund. Das erklärt die Märtyrergeste: »I would still take a bullet for him.« (»Ich würde mir immer noch für ihn eine Kugel einfangen.«).

Die politischen Äußerungen Ecclestones sind nicht erst seit Putin fragwürdig. Hitler bezeichnete er nicht als nationalsozialistischen Tyrannen, sondern als einen vorbildlichen Politiker, »able to get things done«. Als er nach der Tötung von George Floyd über die Black-Lives-Matter-Bewegung befragt wurde, meinte Ecclestone: »In vielen Fällen sind Schwarze rassistischer als Weiße.«

Weitere Skandale lassen sich im Internet ausführlich verfolgen. Derzeit hat er nur einen einzigen Ehrendoktortitel und wurde nur einmal in Bronze gegossen. Da kommt noch was!

Apropos

Es gibt im Oktober 2021 eine gemeinsame Erklärung von Klaus Ernst (DIE LINKE) und Dr. Peter Ramsauer (CSU), sie sind im Bundestag die Vorsitzenden der Ausschüsse für Wirtschaftssachen: »Für Ihre Unterstellung, Russland würde die Lieferung von Erdgas zur Erpressung von Europa missbrauchen und sei für die gestiegenen Energiepreise verantwortlich, gibt es keinerlei Hinweise.«

Holodomor

Der ukrainische Begriff *Holodomor* bedeutet »Tötung durch Hunger«. Jemanden absichtlich verhungern lassen, das passt nicht in die sozialistische Idee. Im ersten Kapitel seines Buches »Die sozialistische Sowjetgesellschaft« beklagte Vjaceslaw Karpinskij, dass im zaristischen Russland »Fabriken und Werke, Produktionswerkzeuge und -mittel, Felder, Wiesen und Berge, Waldungen und Gewässer Privateigentum reicher Nichtstuer waren, während Millionen von Arbeitern und armen Bauern ein Hungerleidertum fristeten.« Niemand sollte hungern im sowjetischen Sozialismus. Mit diesem Vorhaben war es aber schnell vorbei. Lenin verkündete auf dem 10. Parteitag der Kommunistischen Partei im Jahr 1921: »Der Bauer muss ein wenig Hunger leiden, um dadurch die Fabriken und die Städte vor dem Verhungern zu bewahren.« Menschen hungern zu lassen wurde ein Teil der Unterdrückungs-Politik, aus dem »ein wenig Hunger leiden« wurde für viele ein Todesurteil. Für Bauern, die selbst nichts hatten oder hergeben konnten, gab Lenin den Befehl: »Nehmt in jedem Dorf zwischen 15 und 20 Geiseln, und wenn die Abgabequoten nicht erreicht werden, stellt sie an die Wand.« Als 1921 in Russland eine verheerende Hungersnot ausbrach und man dringend Hilfe benötigte, schickten die kommunistischen Führer ihre Künstler vor. Maxim Gorki schrieb einen offenen Brief an die Weltöffentlichkeit: »Düstere Tage sind im Land Tolstois, Dostojewskis, Mussorgskis und Glinkas angebrochen. Das Missgeschick Russlands gibt allen Menschenfreunden die großartige Gelegenheit, die Kraft des Humanitätsgedankens unter Beweis zu stellen. Ich bitte alle ehrenwerten Völker Europas und Amerikas um rasche Hilfe: Schickt uns Brot und

Medizin!« Er wurde gehört. Eine der größten internationalen Hilfsaktionen gegen Hunger, die heute völlig in Vergessenheit geraten ist, lief an. Die amerikanische Hilfsorganisation ARA (American Relief Administration), die nach dem Ersten Weltkrieg in Europa Kinderspeisungen organisierte, bot Hilfe an. Die Bedingung des US-Handelsministers Hoover, der die ARA leitete: Bewegungsfreiheit für die Helfer und keine Einflussnahme der Regierung. Lenin stimmte zu, aber gab die Anweisung, den Amerikanern »Fallen stellen und sie in Skandale verwickeln, hauptsächlich unter Einsatz von Frauen und Alkohol.« Wenige Monate nach Gorkis Appell bekamen bereits 570.000 Kinder täglich eine warme Mahlzeit. Bauern erhielten Saatgut. Doch die Hungersnöte nahmen kein Ende. Im Jahr 2003 schrieb die Pulitzer-Preisträgerin Anne Applebaum die Geschichte des Holodomor in ihrem Buch »Roter Hunger. Stalins Krieg gegen die Ukraine« nieder. Wie viele Menschen in der großen Hungersnot zwischen 1929 und 1934 starben, kann nur geschätzt werden, alleine in der Ukraine soll es 3,9 Millionen Hungertote gegeben haben. Bis zum Ende der Sowjetherrschaft durfte natürlich nicht darüber gesprochen und geschrieben werden. Aber niemand in der Ukraine hat es vergessen.

Hunger als Kriegstaktik kenne ich aus dem Syrienkrieg. Immer und immer wieder versuchte ich die Öffentlichkeit in Deutschland wachzurütteln. Schließlich war das, was in Syrien geschah, die größte humanitäre Katastrophe seit dem Zweiten Weltkrieg. Im November 2013 sagte ich der *Neuen Presse Hannover*: »Nimmt man Ruanda, Fukushima und Tschetschenien zusammen, dann hat man ein Bild der menschlichen Katastrophe, die aktuell in Syrien herrscht.« Der Artikel hatte die Überschrift: »Aushungern als Kriegstaktik.« Ich hatte nur die Stimme eines bayerischen Kabarettisten und wurde leider nie so gehört wie damals Maxim Gorki, über den Stefan Zweig schrieb: »Wer das Werk Gorkis kennt, der kennt das russische Volk von heute und in ihm Not und Entbehrung aller Gedrückten.« In meinem kabarettistischen Werk tauchten Not und Entbehrung selten auf, sondern CSU, SUV-Fahrer und Helikoptereltern. Ich versuchte, für Syrien laut um Hilfe zu schreien. Im Januar 2015 schrieb ich in der *taz* einen bösen Artikel über Andrew Cuomo, damals Gouvernor von New York, der über den heftigen Schneefall am Times Square allen Ernstes sagte: »Es könnte eine Frage von Leben und Tod sein.« Gleichzeitig harrten mehrere Millionen syrischer Flüchtlinge in Eiseskälte aus, in Camps ohne Decken, ohne Schuhe, ohne Mützen, ohne Heizung. Viele starben. Der Hunger kam dazu. Syrisches, iranisches und russisches Militär umstellte über Jahre hinweg Stadtbezirke und Dörfer, ohne humanitäre Hilfe hineinzulassen. Hunger als Waffe war ein gängiger Begriff. Und die Russen wussten, dass diese Waffe gut funktioniert. Die Reaktion des Westens bestand aus: Zuschauen. Als einer der wenigen westlichen Journalisten reiste Rainer Hermann, der Nahost-Experte der *F.A.Z.*, im Jahr 2013 nach Damaskus, um den von den Russen gestützten Diktator Baschar al-Assad zu interviewen. Die Kriegsverbrechen der Syrer, Iraner und Russen in Syrien waren bekannt. Es darf nichts weltbewegendes erwartet werden, wenn Journalisten mit Krieg führenden Diktatoren sprechen. Aber die Höflichkeit könnte Grenzen haben. Hermann verabschiedete sich von Assad mit den Worten: »I have been greatly influenced by your personality and your vision; I hope Europe and the West will benefit from this interview and look at you and your country differently.« Diese Sätze wurden aber nicht abgedruckt…

Brecht in der U-Bahn

Sein Gedicht heißt: »Inbesitznahme der großen Metro durch die Moskauer Arbeiterschaft am 27. April 1935.«

Wir hörten: 80.000 Arbeiter
Haben die Metro gebaut, viele noch nach der täglichen Arbeit – oft die Nächte.
Während dieses Jahres hatte man immer junge Männer und Mädchen lachend aus den Stollen klettern sehen. (…)
War in einem einzigen Jahr gebaut worden und
Von so vielen Bauleuten wie keine andere Bahn der Welt.
Und keine andere Bahn der Welt hatte je so viele Besitzer.

Bertolt Brecht war Augsburger. Als er 1932 zum ersten Mal nach Moskau reiste, war er 34 Jahre alt. Seit einigen Jahren wurde er von Nationalsozialisten angegriffen, die Lebensereignisse ähneln denen vieler anderer Künstler: Flucht 1933, Verbrennung seiner Bücher durch die Nazis, Aberkennung der Staatsbürgerschaft. Insgesamt war Brecht vier Mal in Moskau, seine Akte, die der sowjetische Geheimdienst über ihn erstellt hat, ist äußerst umfangreich. Sein Biograf Klaus Völker schreibt: »Die Politik Stalins hielt er im großen und ganzen für notwendig und richtig.« Und »ohne Unterdrückung und Gewalt (…) ließe sich das Ende von Unterdrückung und Gewalt gar nicht herbeiführen.«

Die Illusion in obigem Gedicht, dass die Moskauer U-Bahn den Erbauerinnen und Erbauern gehört, ist eher lieb, als verständlich. Brecht hätte auch über Kiew schreiben können: Mit 105,5 Meter ist die »Arsenalna« die tiefste U-Bahn-Station der Welt. Sechs Minuten dauert die Fahrt mit der Rolltreppe hinab. Der Unterschied zur Moskauer Metro: Sie »gehört« zwar nicht den ErbauerInnen, aber hat bei den Angriffen 2022 unzählige Menschenleben gerettet.

Der Russe im Bundestag

Es war eine Sensation. Zwei Wochen nach den verheerenden Terroranschlägen am 11. September 2001 in den USA spricht Wladimir Putin im Deutschen Bundestag. Er ist nervös. Und beginnt seine Rede mit den Worten: »Es ist das erste Mal in der Geschichte der deutsch-russischen Beziehungen, dass ein russisches Staatsoberhaupt in diesem Hohen Hause auftritt.« Brausenden Applaus erhält er, als die Simultanübersetzung aus dem Russischen nach ein paar Sätzen stoppt.

»Heute erlaube ich mir die Kühnheit, einen großen Teil meiner Ansprache in der Sprache von Goethe, Schiller und Kant, in der deutschen Sprache, zu halten.«

In seiner 30minütigen Rede schlich sich Putin in die Herzen der deutschen Abgeordneten, am Ende erhoben sie sich zu Standing Ovations. Später titelte *Die Welt* über Putins Auftritt in Berlin: »Der Tag, an dem Wladimir Putin die Deutschen einwickelte.« Auch Innenminister Otto Schily und Außenminister Joschka Fischer lauschten von der Regierungsbank aus andächtig der feierlichen Rede, die in wichtigen Teilen nicht von Putin, sondern von Horst Teltschik, dem Leiter der Münchner Sicherheitskonferenz geschrieben war.

Putin machte sich überaus beliebt, denn er betonte immer wieder, dass Russland ein europäisches Land sei: »Wir leisten unseren gemeinsamen Beitrag zum Aufbau des europäischen Hauses.« Und: »Was die europäische Integration betrifft, so unterstützen wir nicht einfach nur diese Prozesse, sondern sehen sie mit Hoffnung.«

Auch der gepflegte Herrenwitz bekommt Applaus. Aus dem Wortprotokoll des Bundestages:

Putin: »Überhaupt spielten Frauen in unserer Geschichte eine besondere Rolle.
(Heiterkeit und Beifall).«

Dass Putin in der Rede auch seinen Tschetschenienkrieg verteidigt, ging unter, der Schock von den Bildern der einstürzenden Türme des New Yorker World Trade Centers wirkte noch nach. Weltweit keine Gnade für Terroristen.

Auch die NATO kam in seiner Rede gut weg, nur mit der Bitte, doch Russland mehr einzubeziehen. Die Osterweiterung wurde schon 1999 nicht mehr als Problem gesehen, später wurde sogar NATO-Flugzeugen das Überfliegen des russischen Territoriums gestattet, und Dmitri Rogosin, der ständige Vertreter Russlands bei der NATO, war sogar besorgt, dass die NATO sich aus Afghanistan zurückziehen könnte. Er wünsche sich auch NATO-Truppen an Russlands Grenzen. Seit' an Seit' gegen den Terror.

Dmitri Rogosin ist allerdings ein Rechtsextremist und inzwischen mit einem Einreiseverbot in die EU belegt. Seine Sätze zu EU und NATO hat er selbst ins Gegenteil verkehrt. So beklagte er 2011, dass der Westen Russland mit Multikulti und »übermäßiger Toleranz gegenüber Minderheiten infiziert« hat. Zuwanderer aus dem Kaukasus bezeichnet er als »Müll«. Darüber hinaus verlangt er Alaska von den USA zurück und beansprucht auch das Territorium der Arktis für Russland. Im März 2022 drohte er dem Westen, die Raumstation ISS auf dem Gebiet westlicher Staaten abstürzen zu lassen.

Ein paar Monate vor dem Auftritt im Bundestag konnte Putin einen 100-Millionen-Euro-Kredit der Europäischen Investitionsbank in Empfang nehmen. Die Empfehlung des schwedischen Ratspräsidenten Persson war, das Geld für Umweltprojekte zu verwenden. Wie gesagt, nur eine Empfehlung.

Die Freundschaftsbekundungen führten dazu, dass noch mehr Geschäfte mit Moskau gemacht wurden. Doch als die Rohstoffpreise für Öl und Gas in die Höhe kletterten und Russland stabilisierten, kehrte das alte Selbstbewusstsein zurück. Manfred Quiring saß für mehrere Zeitungen in Moskau, insgesamt war er 28 Jahre Russland-Korrespondent, und bewertet die Situation der 2000er Jahre so: »Der Kreml hat spätestens zwischen 2006 und 2008 aus der eigenen, innerrussischen Interessenlage der machthabenden Eliten heraus eine Wende im Verhältnis zum Westen eingeleitet. Genauer gesagt, in jenen Jahren gab er nach und nach die Verschleierungsversuche auf und begann, Klartext zu reden. Zumindest teilweise. Die Erzählung von der ›Einkreisung‹ durch die Nato, von Russland als ›Opfer‹ westlicher Umtriebe galt weiter. Sie wurde stetig ausgebaut und bis heute mit immer neuen Variationen versehen.«

Putin entfernte sein Land immer weiter von Europa, aber beanspruchte immer mehr europäische Länder aus der untergegangenen UdSSR für sich. 2007 ließ er Estland für mehrere Wochen durch einen Internetangriff komplett lahmlegen, von Ministerbüros bis zur Rezeptausstellung beim Arzt ging nichts mehr. Im Sommer 2008 marschierten Putins Truppen in Georgien ein, und als er 2012 zum zweiten Mal für das Präsidentenamt kandidierte, lehnte er ein europäisches Russland rundum ab.

Das passte auch sehr viel mehr zu Putins wirklichem Weltbild als das europäische Gesäusel im Bundestag. Einem kanadischen Fernsehsender sagte er im Interview:

»Für uns Russen ist Menschsein gleichbedeutend mit der Zugehörigkeit zu dem Ganzen. Für uns ist der Mensch kein Individuum.«

Der Gedanke, dass das Individuum nur noch in der (Kampf)-Gemeinschaft seine Existenzberechtigung hat, ist die lupenreine Definition von Faschismus.

Apropos

Es ist schon einmal passiert, dass wir uns in einem Russen getäuscht haben. Alexander Solschenizyn (1918–2008), der 1970 in seiner Dankesrede zum Literaturnobelpreis gesagt hatte: »Wer die Gewalt als seine Methode proklamiert hat, muss die Lüge zu seinem Prinzip machen.«, war für uns ein Held. Ich gierte danach, ein Exemplar seines *Archipel GULAG* im Bücherregal zu haben. Das Manuskript geriet 1973 in die Hände des KGB und er wurde kurzerhand ausgewiesen. Denn den Vergiftungsversuch hatte er überlebt. Er landete in Frankfurt am Main. Heinrich Böll nahm ihn auf und im *SPIEGEL* wurde das Buch kurz danach abgedruckt. Wegen seiner Kritik an Stalin war Solschenizyn acht Jahre selbst Insasse im *GULAG*. Er wusste, von was er schrieb. Die Linke im Westen war geschockt, die Konservativen jubelten. Seine Bücher wurden zur Schullektüre. Er schrieb über Freiheit und gegen Unmenschlichkeit. Gorbatschow rehabilitierte ihn und Solschenizyn kehrte nach Russland zurück. Er unterstützte den Vietnamkrieg ebenso wie den Tschetschenienkrieg. Er lehnte den Staatspreis von Gorbatschow ab, aber nahm ihn von Putin an. Er entpuppte sich als Anti-Demokrat und extremer Nationalist. Antisemitische Äußerungen gab es zuhauf. Und er unterstützte Putins Ukrainepolitik. Dafür erhielt er ein Denkmal von ihm.

»Mutter-Heldin«

Eine Familienlegende erzählt, dass meine Oma Anfang der 40er Jahre das bronzene Mutterkreuz der Nazis erhalten sollte. Die Begründung basierte auf der Verordnung vom Dezember 1938 von Adolf Hitler: »Als sichtbares Zeichen des Dankes des Deutschen Volkes an kinderreiche Mütter stifte ich das Ehrenkreuz der Deutschen Mutter.« Meine Oma bekam den fünften Sohn und prompt kam das Schreiben, mit dem sie zur Verleihung in die noch intakte Schule an der Münchner Luisenstraße beordert wurde. Dort lehnte sie die Annahme ab. Mein Großvater wurde daraufhin in der Gestapozentrale an der Brienner Straße verhört. Damit endet die Geschichte.

Fast zur gleichen Zeit (1944) führte man in der Sowjetunion die ehrenvolle Auszeichnung »Mutter-Heldin« ein. Allerdings waren dafür 10 lebendgeborene Kinder notwendig. Immerhin erhielten 430.000 Frauen diesen Orden. Die erste Auszeichnung bekam die Mutter Anna Aleksakhina, die zwölf Kinder geboren hatte. Nach dem Untergang der Sowjetunion wurde der Orden nicht mehr verliehen. Bis ihn Putin 2008 wieder einführte. Immer wieder forderte er *die* russische Frau auf, mehr Kinder zu bekommen. Der französische Spezialist für Migration und Demographie, Laurent Chalard, schreibt: »Putin ist besessen von diesem demographischen Problem.«

Angeblich haben im ersten Monat nach dem Einmarsch in die Ukraine alleine 300.000 IT-ler Russland verlassen. Die Flüge der russischen Airlines seien nicht nur aufgrund der Sanktionen zurückgegangen, sondern weil Piloten fehlen. Viele sind ins Ausland, um sich neue Jobs zu suchen. Für viele ist das nicht möglich, weil Russland die nötigen Papiere nicht rausrückt. 86.000 Menschen, zumeist Hochqualifizierte, verlassen Russland – pro Monat.

Damit hat Putin tatsächlich ein Problem. Selbst wenn zwischen Moskau und Irkutsk tatsächlich ein paar Mütter bald zehn oder mehr Kinder bekommen, dauert es ein Vierteljahrhundert, bis die Kleinen den nötigen Pilotenschein machen dürfen. Aber wer wünscht sich Putin bis 2047 an der Macht?

Wir wissen es: Er selbst.

Gulliver goes Putin

Groß und Klein kennt die Abenteuer des einfältigen Doktors Lemuel *Gulliver*. In seiner ersten Reise, nach Schiffbruch gestrandet auf der Insel Lilliput, wird *Gulliver* von furchtbar kleinen, bösartigen Menschen gefesselt, vorgeführt und, nachdem er auf das Königsschloß gepinkelt hat, zum Tod verurteilt. Aber er ist viel zu groß. Die Zwerglein können ihn nicht bezwingen.

Natürlich dürfte dieses Buch heutzutage nicht mehr geschrieben werden: Rassismus und Verarsche indigener Völker wären noch die geringsten Vorwürfe. Aber die aktuellen Fettnäpfe aller Art waren im Jahr 1726, als *Travels into Several Remote Nations of the World in Four Parts By Lemuel Gulliver, first a Surgeon, and then a Captain of Several Ships* erschien, für aufgeblasene Entrüstung und laute Ablehnung heutiger Zeit überhaupt nicht nötig, es genügte: Satire.

Es wird oft vergessen, dass der Erfinder von *Gullivers Reisen* kein Kinderbuchautor, sondern ein schonungsloser Satiriker war. Jonathan Swift (1667 bis 1745), in Dublin geboren, lief wie alle Männer dieser Zeit mit einer Dauerwellen-Perücke durch die Gegend und war neben seiner schriftstellerischen Tätigkeit noch Politiker und Priester. Und er handelte bereits damals, privat, nach den gültigen Richtlinien moderner Entwicklungshilfe. »Er hielt nichts von Almosen, in denen sich Herablassung an Darniederliegende bekundete, sondern versuchte, Not auf eine Art zu lindern, dass die Leidenden sich selbst helfen, aufrecht stehen, handeln konnten. Er gab Handwerkern Darlehen, die sie sonst nicht erhalten konnten.«, schreibt sein Biograph Robert Schneebeli.

Jonathan Swift zerrte in seinen Schriften die Erbärmlichkeit seiner Zeitgenossen, speziell die der Politiker, gnadenlos ins Rampenlicht.

Die Großen und Mächtigen hassen Satire. Der russische Satiriker Michail Kozyrew – uns leider völlig unbekannt – schrieb zweihundert Jahre später einen fünften Teil der Abenteuer des *Gulliver*. Doch zu dieser Zeit war er bereits seit sechs Jahren aus dem sowjetischen Schriftstellerverband ausgeschlossen. Weil seine Satire den richtigen traf: Stalin. Die Begründung für den Rausschmiss Kozyrews könnte aus *Don Camillo und Peppone* stammen: Er sei ein »bourgeoiser Schriftsteller«. Michail Kozyrews *Gulliver*-Geschichten sind nie erschienen. Er wurde festgenommen und verschwand im Glavnoe Upravlenije Lagerej, uns bekannt unter dem Kürzel GULAG. Er starb dort im Jahr 1942.

So wird sich auch niemand darüber wundern, dass der *Gulliver*-Erfinder Jonathan Swift schon im April 1711 Wladimir Putin ziemlich treffend beschreiben konnte:

»Man stelle sich Politiker vor, die viele Jahre an der Macht sind, offensichtlich freie Hand haben und demzufolge mit großer Selbstsicherheit walten können: Könnten diese nicht in Versuchung geraten, mit der Zeit im Übermaß von Habsucht und Machtgier, durch die Schamlosigkeit und Gewalttätigkeit ihrer Natur oder durch die schiere Verachtung für ihre Gegner alle ihre Vorsicht außer Acht zu lassen? Könnten nicht solche Motive sie zu Handlungen bewegen, die dem Gesetz klar zuwider sind. Man kann diese Fragen nur mit ja beantworten.«

Liste der NATO-Angriffe auf Russland:

Reden statt töten

Helmut Schmidt wird der Satz in den Mund gelegt: »Lieber einhundert Stunden umsonst verhandeln als eine Minute schießen.« Das ist nicht nur klug, sondern geht auch ans Herz. Einer, der den Krieg in der Ukraine mit Worten verhindern wollte, war der französische Staatspräsident Emmanuel Macron. Vier Tage vor dem russischen Einmarsch in die Ukraine sitzt er mit seinen Beratern im Elysee-Palast, dem Amtssitz des französischen Staatspräsidenten, und wählt Putins Nummer.

Es geht höflich los. »Es ist immer eine große Freude, mich mit Dir auszutauschen, denn wir haben ein Vertrauensverhältnis.«, säuselt Putin los, bevor er den Franzosen auf die Palme bringt. Es wird laut und polternd. »Wenn wir dem Dialog eine Chance geben wollen, dann müssen wir das Spiel beruhigen.«, lenkt Macron wieder ein und fragt nach den sogenannten Militärmanövern an der ukrainischen Grenze, dem größten Truppenaufmarsch seit dem Zweiten Weltkrieg. Es laufe gut und nach Plan, meint Putin, worauf Macron nachhakt:

»Das bedeutet, dass sie heute Abend beendet werden?«
»Ja, wahrscheinlich heute Abend.«, lügt ihn Putin an.

Macron schlägt vor, nochmal gemeinsam mit dem amerikanischen Präsidenten zu reden. Putin möchte das eher nicht. Macron gibt nicht auf.

Aber Putin hat keine Lust mehr. Wahrscheinlich wird es ihm in seinem Eishockey-Trikot langsam zu heiß.

Das Gespräch über Krieg und Frieden in Europa führt Putin von der Ersatzbank im Eishockey-Stadion.

»Um Dir nichts zu verheimlichen, ich wollte jetzt Eishockey spielen gehen und ich spreche aus der Sporthalle zu Dir, bevor es mit dem Training losgeht.«

Was sollte er auch sonst sagen? Das Töten war längst bis ins Detail organisiert, geplant und vorbereitet. Vier Tage später ging dann das los, was Helmut Schmidt immer drastisch beschrieb mit: »Die Scheiße des Krieges.«

Miteinander reden ist gut. Aber zum Verhandeln gehören immer zwei. Wir kennen das von privaten Streitereien. Und es sollten beide Seiten eine Lösung wollen. In der Forschung heißt das Konfliktlösung, Eskalationsvermeidung oder einfach Friedensbemühung.

Jemand, der während eines verzweifelten Schlichtungsversuchs mit Schlittschuhen, Protektoren und Eishockey-Schläger in der Hand auf seinen Einsatz wartet, will nicht um den Frieden kämpfen, sondern um den Puck.

Bis Mitte Juni 2022 sind in der Ukraine ca. 5.000 Zivilisten getötet worden.

Apropos

Während des Krieges redet Putin mit vielen Staatsführern. Und mit Terroristen. Mit anderen spricht er am Telefon, für die *Hamas*, der Terrororganisation aus dem Gaza-Streifen, gibt es einen Empfang im Kreml. Die *Hamas* hat eine Diktatur errichtet, die sich ausschließlich durch den Kampf gegen Israel legitimiert sieht. In der Gründungs-Urkunde der *Hamas* heißt es über die Politik Israels: »Ihr Programm ist in den *Protokollen der Weisen von Zion* niedergelegt«. Damit bezieht sich die *Hamas* auf eine längst widerlegte Verschwörungstheorie – erfunden in Russland.

Ein Autogramm von Putin

Ebay (»Entdecke Einzigartiges«) sollte es haben! Irgendeine Postkarte mit dem Brustbild des russischen Führers und seiner Unterschrift darauf. Und ich gab bei der Such-Funktion von *Ebay* ein:

»autogramm wladimir putin«.

Ich erwartete hunderte von Angeboten. Autogrammsammler, die jetzt irgendwie den ungeliebten Russland-Chef zu ein bisschen Geld machen wollten.

Auf *Ebay* tauchten dann folgende Angebote auf, in dieser Reihenfolge – wie gesagt, bei der Suche nach einem Autogramm von Wladimir Putin:

2 x ein Autogramm von Lenin

1 x ein Autogramm von Wladimir Klitschko

Dann nochmal Lenin, Klitschkos, und ein Schauspieler Wladimir Gaidarow.

Dann »Zwei Tomatensorten Wladimir Putin & Malachitschatulle Schkatulka. Wuchshöhe bis zu 2 m.« Preis 1,00 Euro.

Dann, endlich: Putin.

Das Buch »Judo mit Wladimir Putin« für 24,90. Aber ohne Autogramm. Ich habe es nicht bestellt.

Wirtschaftsstärke Russlands

Eine Schweizer Börsenzeitschrift hat einen Datenvergleich vorgelegt. Demnach ist Russlands Wirtschaftsleistung doppelt so hoch wie die Wirtschaftsleistung der Schweiz. Aber liegt unter der Wirtschaftsleistung von New York. Russland ist arm.

Apropos

Spitzenplätze für Russland: Russland liegt vorne, was die Drohungen mit Atomwaffen angeht. Dies ist seit 2021 verboten. Besitz von Atombomben: 6.255 Stück (damit tausend mehr als die USA). Die USA haben 1945 zwei Atombomben im Kriegseinsatz abgeworfen, Russland hat die größte Atombombe gebaut, die es jemals gab: *Wanja*. Mit einer 4.000 Mal größeren Sprengkraft als die Hiroshima-Bombe. Sie wurde zu Testzwecken am 30. Oktober 1961 über dem Polarmeer abgeworfen, der Atompilz war 65 Kilometer hoch, in Norwegen zersprangen die Fensterscheiben und ihr Blitz war noch in 1.000 Kilometer Entfernung sichtbar. Entwickler dieser Bombe, die die größte Explosion aller Zeiten auslöste, war der Physiker Andrei Sacharow, der später als Dissident berühmt geworden ist.

Wer vor Atombombentests warnt, denkt meist an die radioaktiven Verseuchungen durch die USA in der Südsee und in den Wüsten Amerikas. Doch sind auch 500.000 Menschen durch sowjetische Atombombenversuche verstrahlt worden, von denen mindestens 100.000 daran starben – bis in 500 Kilometer Entfernung zum Testgelände.

Bagalut

Bagalut ist Hebräisch und heißt auf Deutsch soviel wie: Im Exil. Da befindet sich jetzt Pinchas Goldschmidt. Dreiunddreißig Jahre lang war er Oberrabbiner von Moskau. Er ist zuhause in der Welt: In Zürich geboren, als Student in Israel und den Vereinigten Staaten. Im Jahr 1989 zog er in die untergehende Sowjetunion.

Nach dem Einmarsch Putins in die Ukraine wurden er und die ganze jüdische Gemeinde aufgefordert, öffentlich Stellung zu nehmen zum Krieg: FÜR Putin, FÜR den Einmarsch.

Er lehnte ab. Die jüdische Gemeinde schwieg.

Da blieb nur noch die Abreise ins Exil nach Israel. Ende Juni 2022 reiste er wieder nach Europa. Aber nicht nach Moskau, sondern nach München, zur »Generalversammlung der Europäischen Rabbinerkonferenz«. Aus 43 Ländern kamen 250 Rabbiner in die Stadt, die Hitler am 2. August 1935 zur »Hauptstadt der Bewegung« ernannte.

Abseits der Konferenzreden lief ein anderes Projekt: »Welcome a Rabbi«. Die Rabbis besuchten ein Dutzend Münchner Schulen, und Hunderte von Münchner Schülerinnen und Schülern sahen zum ersten Mal in ihrem Leben einen »echten Juden«.

Das war wichtig.

Denn Juden sind schon wieder einmal auf der Flucht. Obwohl der Krieg in der Ukraine tobt und nicht in Moskau, sind bereits mehr Juden aus Russland nach Israel geflohen als aus der Ukraine.

Pinchas Goldschmidt spricht von »Katastrophe« und davon, dass »Russland in sehr großen Schritten zurückgeht in Richtung Sowjetunion«.

Nicht alle Juden in Russland denken so. Der aus Italien stammende Oberrabbiner Russlands Berel Lazar gilt als »Rabbi Putins«. Der sieht Putin wiederum nicht als »Katastrophe«, sondern sagt: Noch nie war es in Russland so sicher für Juden wie heute.

Apropos

Die Geschichte der Roten Armee, die in der Revolutionszeit 1918/19 sogar kurz in München herrschte, hat auch einen humanistisch-militärischen Höhepunkt. Am 27. Januar 1945 befreiten Soldaten der Roten Armee das Konzentrationslager von Auschwitz. Es war die »1. Ukrainische Front der 60. Armee der UdSSR«. 600 Tote wurden an dem Tag geborgen, nachdem in den Jahren zuvor über 1 Million Menschen dort grausamst ermordet wurden. Der Verantwortliche für den Aufbau des KZ Auschwitz-Birkenau war Heinrich Himmler, einst Schüler am Münchner Wilhelmsgymnasium, an dem auch Lion Feuchtwanger, Konstantin Wecker, Klaus und Golo Mann eingeschult waren.

In Estland »geblieben«

»Ich habe vielleicht in der Universität nicht das allermeiste gelernt, weil ich in der Freizeit viel Bier getrunken habe.«, erzählt Putin über seine Studentenzeit. Es ist geheuchelte Menschennähe: Schaut her, ich bin so wie ihr. Seine Biografie ist ein Propagandawerk, denn viele seiner Angaben sind zweifelhaft oder nicht nachprüfbar. Der Großvater sei der Koch von Lenin und Stalin gewesen. Die Daten der UdSSR-Geschichte passt er willkürlich seinen politischen Absichten an. 1939 sei Estland freiwillig der Sowjetunion beigetreten, behauptet er. Richtig ist, dass Estland 1940 durch sowjetische Truppen annektiert wurde und ungezählte Zivilisten in weit entfernte Gulags deportiert wurden. Ein Jahr später besetzte die Wehrmacht Hitlers das Land, nun wurden auch die Juden ermordet. Putins Vater verübte Sabotageakte gegen die Nazis, wurde aber dabei von Esten verraten, behauptet Putin.

Meine Mutter wäre noch im hohen Alter gerne nach Estland gereist. Wohin genau, wussten wir nicht. Aber irgendwie in die Nähe der Stelle, wo ihr Papa im Zweiten Weltkrieg vermutlich gestorben ist. Ich kenne den Namen meines Großvaters vom Familiengrabstein auf dem Münchner Waldfriedhof, hinter seinem Namen steht »1944, vermisst«. Im Zeitraum zwischen Herbst 1943 und Herbst 1944 sind eine halbe Million deutscher Soldaten gestorben, eine Million geriet in Kriegsgefangenschaft oder gilt als vermisst. Dennoch hielten die überlebenden Truppen ihre Tötungsmaschinerie aufrecht. In Deutschland mussten inzwischen siebeneinhalb Millionen Zwangsarbeiter um ihr Leben schuften. Hitler regt die »Ehe zu dritt« an, um die Geburtenrate zu erhöhen.

Über dreihundert Feldpostbriefe meines Großvaters habe ich gelesen, kurz vor seinem Tod in Estland schrieb er: »Wir haben Gottseidank noch den Kopf oben u. der Führer wird schon wieder alles hinbekommen. Ich persönlich hoffe auf ein baldiges siegreiches Ende dieses Krieges.«

Wie verblendet musste man im Herbst 1944 sein, um solche Sätze zu Papier zu bringen? Oder musste er unverdächtig formulieren? Aber was dachte er dann wirklich? Er war NSDAP-Mitglied, Ortsgruppe München. Aber mit welchen Aufgaben? Was hat er verbrochen?

Meine Mutter und ich saßen einmal am Esstisch und hatten alle Briefe vor uns ausgebreitet. In diesem Moment ging es nicht um den Nazi, es ging um den Papa meiner Mama, den sie in ihrem sechsten Lebensjahr zum letzten Mal gesehen hat. Den sie ein Leben lang vermisste. Ich erinnere mich an zuhause, wie sie ungezählte Male aufstand und in die Küche ging, um unbemerkt zu weinen.

Stundenlang sortierten wir die Briefe nach Jahren und Monaten, um sie in eine chronologische Reihenfolge zu bringen. Der letzte Brief stammt vom 9. September 1944, aus dem Südosten Estlands, aus der Nähe von Tartu. Im Militärjargon hieß das »die Embach-Stellung«. Vier Tage später setzten sowjetische Truppen über den Fluss und mein Großvater erhielt einen Bauchschuss, ab dann existieren nur noch Spekulationen. Ein paar Tage später war ganz Estland in sowjetischer Hand – für die nächsten 45 Jahre. In diesem letzten Kriegssommer war die Familie meiner Mutter in München »ausgebombt«, wie man sagte. Sie wurden evakuiert, in ein Dorf bei Ingolstadt.

Über Estland weiß ich soviel, dass es ein unabhängiges Land war, und es bleiben soll. Aus Angst vor Putins Besitzansprüchen trat es der NATO bei. Bis jetzt hilft das.

Ementsipatsi

Das russische Wort *Ementsipatsi* für Emanzipation klingt witzig und ist leicht zu merken, aber sie werden es in Putins Russland nicht brauchen. Die Rolle der Frau ist für den Rabauken Waldimir klar und hat wenig zu tun mit Gleichstellung der Geschlechter.

Im Juni 2022 spricht der britische Premier Boris Johnson in die Mikrophone der Weltpresse: »Wenn Putin eine Frau wäre, so hätte er, glaube ich, nicht einen so verrückten, machohaften Krieg vom Zaun gebrochen. Wenn Sie ein perfektes Beispiel haben wollen von toxischer Männlichkeit, dann haben wir es hier vor uns.«

Ziemlich genau ein Jahr zuvor liefert Putin selbst den Beweis für dumpfes Blähgehabe. Am 16. Juni 2022 treffen sich Biden und Putin zum USA-Russland-Gipfel in der Privatbibliothek der berühmten Villa La Grange südlich vom Genfersee. Putin hatte bereits die Krim annektiert, den Donbass unter seiner Kontrolle, inklusive der Errichtung eines Foltergefängnisses, und Biden wollte ihn von weiteren Gewaltakten im direkten Gespräch abbringen. Auf der Tagesordnung standen die Themen Iran, Atomwaffen, Belarus, Menschenrechte, russische Hackerangriffe und die Ukraine. Also alle Apokalypsen (ausgenommen der Klimakatastrophe), die man sich vorstellen kann. Ein Krisengipfel, der von uns wenig beachtet wurde. Denn am Vortag dieses Krisengipfels schlugen uns bei der Fußball-Europameisterschaft die Franzosen. Große Krise! Im Achtelfinale versetzten uns dann die Engländer den Todesstoß. Riesige Krise! (Russland schaffte es nicht in die zweite Runde, die Ukraine kam bis ins Viertelfinale.) In der Politik schauten wir in diesen Junitagen nicht nach

Genf, sondern nach Berlin. Gerade war die GRÜNEN-Chefin Annalena Baerbock zur Kanzlerkandidatin gewählt worden, aber der Gegenwind war heftig: Das schludrig verfasste Buch, die nachgemeldeten Finanzen, der Lebenslauf, der Fragen aufwarf: »Meinen Lebenslauf habe ich knapp und komprimiert veröffentlicht und dabei unwillentlich einen missverständlichen Eindruck erweckt, den ich nicht erwecken wollte. Das war Mist!«, sagte sie. Niemand dachte in diesem Moment daran, dass diese Frau ein paar Monate später mit Splitterschutzweste und Stahlhelm an der Frontlinie im Donbass auftauchen würde. Als angesehene Außenministerin der Bundesrepublik Deutschland, und mit der Forderung nach diplomatischen Lösungen. Aber das wurde von russischer Seite, die wiederholt den Waffenstillstand verletzte, nicht gehört. Das wiederum überraschte niemanden mehr, Russlands Gewaltakte provozierten die Welt schon lange. Seit 2011 hatten die USA gegen Russland 96 Sanktionen verhängt.

Beim USA-Russland-Gipfel am Genfersee im Juni 2022 spielte Putin den Macho. Wie es mit Biden war, wollten die Presseleute wissen und Putin antwortete: »Es gibt keine Freude im Leben, nur eine Fata Morgana davon am Horizont. Aber ich glaubte, einen Funken Hoffnung in Bidens Augen zu sehen.« Die Journalisten verstanden kein Wort davon. Was will er uns sagen? Viele spekulierten, dass diese von Putins Beratern vorab geschriebenen Zeilen aus einem James-Bond-Streifen stammen. Putin in der Rolle des Bösen, der diabolisch die Katze streichelt. Aber es kam schlimmer. Die beiden Sätze, erklärte die russische Delegation, stammten von Leo Tolstoi (1828 bis 1910), der als einer der bedeutendsten Schriftsteller des

19. Jahrhunderts gilt. Also Hochkultur statt 007 in Genf. Tolstois Romane *Krieg und Frieden* und *Anna Karenina* sind dicke Wälzer. Unterschätzen wir Putins Leselust? Wladimir, der Bücherwurm?

Bei aller Bewunderung für den russischen Schriftsteller, sein Frauenbild war unterirdisch, selbst für die damalige Zeit: Die Frau »ist ein Gegenstand des Genusses. Ihr Körper ist ein Mittel zur Befriedigung der Sinnlichkeit und sie weiß das auch.«, so Tolstoi.

Der Historiker Philip Blom erzählt in *Der taumelnde Kontinent*, die Geschichte der Frauen-Bewegung in Russland: »1906 zählte die Frauen-Union, die größte feministische Organisation Russlands, 8000 Mitglieder; ein Jahr später war diese Zahl auf ein Zehntel gesunken. Im selben Jahr zählte der Nationale Frauenrat von Dänemark 80 000 Mitglieder. Während Frauen in anderen Ländern begannen, sich zu organisieren, wurden ihre Aktivitäten in Russland systematisch zerschlagen.«

Im Jahr 2009 spielt die britische Schauspielerin Helen Mirren die Rolle von Sofia Tolstoi, der vierten Ehefrau des russischen Schriftstellers, in dem Film *The Last Station (Ein russischer Sommer)*. Helen Mirren ist zu diesem Zeitpunkt bereits weltberühmt, geadelt, und durch ihre Hauptrolle als Elizabeth II. in *The Queen* mit dem Oscar ausgezeichnet. Die Dreharbeiten an dem Tolstoi-Film sind für sie aber mehr als eine Rolle, denn Helen Mirren stammt aus Russland und heißt von Geburt her Illiana Lydia Mironowa, ihr Vater war Kommunist und Taxifahrer. Über die Rolle der Frau bei Tolstoi sagt sie im Interview: »Sie sind erbärmlich. Sie erbleichen und erröten – oder erröten und erbleichen. Das ist alles, was sie tun.«

Was uns erschreckt, kommt Putin gerade recht. Er nimmt den aus Funk und Fernsehen bekannten Anwalt Pawel Astachow in Dienst. Astachow ist Putin direkt unterstellt und wird einer seiner engsten Berater. Trotzdem muss eine Job-Bezeichnung für ihn gefunden werden, Putin macht ihn zum obersten russischen Kinderrechtsbeauftragten. Astachow erledigt dies ganz im Sinne Tolstois. Als es zu Protesten kommt, nachdem ein 50jähriger russischer Polizeioffizier ein 17jähriges tschetschenisches Mädchen geheiratet hatte, kommentiert dies der russische Kinderrechtsbeauftragte so: »Dort sind die Mädchen emanzipierter und früher reif. Also lasst uns deswegen keine Zimperliesen sein.« Schließlich sind die kaukasischen Frauen »schon mit 27 Jahren runzlig«.

Das fügt sich gut ein in die Erziehungspolitik Putinscher Machart. Nachdem man in der Duma im Jahr 2013 das Gesetz gegen »Homosexuellenpropaganda« verabschiedet hat, das »die Propaganda von nichttraditionellen sexuellen Beziehungen gegenüber Minderjährigen« unter Strafe stellt, geht Astachow noch einen Schritt weiter: »Ich bin gegen jede Form von Aufklärungsarbeit für Kinder. Es ist unakzeptabel, etwas zu erlauben, was die Kinder korrumpiert.« Damit setzte er die Schulpolitik des russischen Erziehungsministers aus dem Jahr 1907 fort, der für Mädchen nur noch Hauswirtschaftsschulen erlaubte. Wenn überhaupt. In diesem Jahr waren insgesamt nur 120.000 Mädchen in dem riesigen Reich eingeschult.

Aber Astachow will nicht als Mann der Verbote gelten, sondern macht einen Gegenvorschlag: »Die beste Aufklärung ist russische Literatur. Darin ist alles zum Thema Liebe und Partnerschaft erhalten.« – Zum Beispiel Tolstoi.

Der Kinderrechtsbeauftragte schoss mehrmals über das Ziel hinaus. Im Jahr 2016 unterschreibt Putin die Entlassungspapiere, wegen sprachlicher Fehlleistungen sagt ein Sprecher. Das war gelogen. Astachows Verlautbarungen lagen auf der Linie Putins. Das Problem war, dass Astachows Sohn mit seinen Geschäften zu viel Kohle abräumte, vor Putins Augen. Papa Astachow bekam es nicht in den Griff und musste deshalb gehen.

Seit Februar 2022 kämpfen ukrainische Frauen mit Waffen gegen die russischen Invasionstruppen. Die wenigsten sind trainierte Kämpferinnen, sie sind Rechtsanwältinnen, Sportlerinnen, Künstlerinnen, Lehrerinnen und Hausfrauen. Sie verteidigen ihre Heimat, sie wollen kein Schulsystem ohne Aufklärungsunterricht und Tolstoi als Eheratgeber. Vielleicht sind manche von ihnen dann mit 27 Jahren schon »runzelig«. Sowas macht Krieg aus Menschen manchmal. Auch aus Männern.

Als sich 2021 bei dem Treffen in Genf die Katastrophe schon abzeichnete und Putin Tolstoi rezitierte, fehlte es dem Gegenpart, dem amerikanischen Präsident Biden, an Zitierfreude. Er hätte nicht auf amerikanische Schriftsteller zurückgreifen müssen, sondern einfach auf das Buch, auf das er einen Eid abgelegt hatte. Die immer noch gültige amerikanische Verfassung von 1787:

»Niemand darf mehr als zweimal in das Amt des Präsidenten gewählt werden.« Damit ist alles gesagt.

Von Krieg und Frieden

Krieg und Frieden wurden oft besungen, diskutiert, beschrieben, belächelt und beweint. »Woina i mir« (Krieg und Frieden) heißt auch der Roman des russischen Schriftstellers Leo Tolstoi auf Russisch. Tolstoi war ein Befürworter der Gewaltlosigkeit, und drehte sich später wohl mehrmals im Grab um, als seine Werke von den militanten kommunistischen Revolutionären als Vorbild genannt wurden. Mahatma Gandhi war von Tolstoi so begeistert, dass er gleich eine ganze Ortschaft in Südafrika nach ihm benannte.

Der Russe Tolstoi war aber nur einer von vielen. Verse über Krieg und Frieden sind so alt wie die Menschheit, schließlich hat schon Stammvater Kain seinen Bruder Abel erschlagen.

Als Student war ich in München eingeschrieben in die Sprachwissenschaft semitischer Sprachen, kurz: Semitistik. Es sollte die Vorbereitung auf eine wissenschaftliche Laufbahn werden. Als ordentlicher Semitist landete man natürlich bei arabischer Poesie, das heißt: Gedichte. So tauchte plötzlich etwas im Arabischen auf, was man schon im Deutschunterricht gehasst hatte: Das Versmaß! Ich war beeindruckt, aber zu dumm und zu schwerfällig, um den Rhythmus der arabischen Reime zu verstehen. Als Student war ich um jeden Vers froh, den irgendjemand vorher schon einmal übersetzt hatte.

Als kurz nach Putins Einmarsch die ersten Berichte über die tapferen ukrainischen Kämpfer im Fernsehen liefen, kramte ich ein altes arabisches Buch aus dem Regal: *Beduinen-Lieder der libyschen Wüste. Gesammelt, erstmalig herausgegeben und übersetzt von J.C. Ewald Falls.*

Das Buch erschien 1908 in Kairo beim Hofbuchhändler »Seiner Hoheit des Khediven«. Neben den Gedichten über die Kamele, die Karawanen, den Tee und die Liebe hat Ewald Falls bei seinen langen Reisen durch die libysche Wüste auch ein »Kriegslied« der Nomaden aufgeschrieben: »Ein vielbesungener Kampf ist derjenige zwischen den Augir und den Scheibat, in dem 33 der ersteren, und 27 der letzteren fielen.«

Den Stamm der Augir (al-Awaqir) gibt es heute noch im Osten Libyens. Er ist bekannt für seine Kampfeslust, zuerst gegen die osmanischen Besatzer, dann gegen die italienischen Besatzer. An der Seite von Gaddafi saßen einige Stammesmitglieder später auf einem Ministerstuhl. In den Jahren um 1900 notierte Ewald Falls eine ihrer Niederlagen:

Zweihundert und mehr zogen zum Kampf gegen vierzig;
erprobte, kampffähige Recken, denen Furcht fremd war.
Weither kamen sie,
um ihre ermordeten Sklaven zu rächen.
Es funkelten ihre Bügel Feuerstrahlen im Sonnenlicht,
vor jedem Zelte häuften sie Berge von Leichen.
(…)
Zweihundert und mehr zogen vor unsere Zelte
und wir waren furchtlos.
Noch baten wir Freunde um gütige Hülfe.
Und im Nahkampf töteten wir manchen.
(…)
Zweihundert und mehr erschienen in Reihen
und marschierten siegbewusst,
und rückten untereinander streitend wieder ab.
Ihre Pferde und Sättel blieben liegen

und ihre Steigbügel füllten das Feld.
So erhielten wir den Siegespreis und noch mehr dazu.

Dieses uralte Lied der Beduinen entspricht inhaltlich exakt dem, was der ukrainische Präsident am Beginn des Krieges in die europäischen Mikrofone sagte. Wir trotzen der Übermacht!

Aber anders als die libyschen Beduinen musste Selenskyj die Freunde um »gütige Hülfe« bitten.

Unter Gaddafi hatte ich die Gelegenheit, das wunderbare Land Libyen zu besuchen. Als die Libyer ihren brutalen Diktator nach über vierzig Jahren der Schreckensherrschaft stürzten und ermordeten, ging das nicht ohne Hilfe des Westens. Eine verkürzte Analyse sagt, dass Putin ein Bonbon einforderte, weil er beim »regime change« in Libyen nicht mitspielen durfte.

Natürlich war Putin sauer: Russland hatte 11.000 Soldaten in Libyen stationiert, hatte in Benghazi den Hafen als Mittelmeer-Basis okkupiert, Putin erließ Gaddafi 5 Milliarden an Schulden und in Moskau wurde das libysche Geld gedruckt. Bis auf den alten, von der CIA ausgebildeten Warlord Haftar blieb Putin nicht viel übrig von der dicken Freundschaft.

Das »Bonbon« zur Ruhigstellung Putins war Syrien. Syrien war Putins Sache, trotz der sogenannten Militärpräsenz von ein paar US-Soldaten hier und einigen britischen Einheiten dort. Der Westen überließ dieses arabische Land den Russen – inklusive nicht sanktionierter Chemiewaffen-Angriffe und ungezählter Kriegsverbrechen. Syrien versank in Chaos, Trauer, Blut und kompletter Zerstörung.

Die Syrer erhielten im Gegensatz zu den alten libyschen Beduinen nicht »den Siegespreis und noch mehr dazu.« Vielleicht klappte es nicht, weil es sich nicht reimt. Denn alles, was sich reimt, ist gut. Sagt der Pumuckl.

Apropos

Es war die Hoffnung von Millionen von Müttern, Ehefrauen und Kindern nach 1945, dass der vermisste Sohn, Mann, Papa doch noch heimkommt. Auch die Hoffnung meiner Mama – ihr ganzes Leben lang. Befeuert wurde diese Hoffnung durch einen Roman, der als wahre Geschichte daherkam: *Soweit die Füße tragen* (1955). Die Radiofassung und die Verfilmung verführten Millionen Menschen zur falschen Hoffnung. Es schien möglich, dass deutsche Kriegsgefangene tausende von Kilometern aus den Bleibergwerken Sibiriens zurück in die Heimat marschieren könnten. Und am Weihnachtsabend stünden sie vor der Tür. Der Autor war ein ehemaliger Heimatdichter: Josef Martin Bauer. Als Angehöriger der Gebirgsjäger-Division schrieb er später im besten Nazi-Stil: »Stundenlang kämpft der brave, kriegserprobte, ehrliche deutsche Soldat gegen hingeduckt schleichende Tiere, in deren dünnen Augenspalten es nur aufleuchtet, wenn ein kühl überlegter Schuss getroffen hat.« (aus *Unterm Edelweiß in der Ukraine*, 1943). Im Entnazifizierungsprozess log ein Entlastungszeuge: »Ich war Zeuge des jahrelangen Kampfes, den Josef Martin Bauer mit aller Leidenschaft bis zur Existenzgefährdung gegen den Nationalsozialismus geführt hat.« *Soweit die Füße tragen* war für das gebannte Publikum eine Dokumentation, doch war die Geschichte frei erfunden, abgeschrieben von einem Buch aus dem Ersten Weltkrieg. Bauer wurde zum Millionär damit. Opa kam nicht zurück.

Davonlaufen

Wie viele Künstler kennen Sie, die unter abenteuerlichen Umständen aus den USA nach Russland (früher Sowjetunion) fliehen mussten, um in Moskau in Ruhe ihrer Kunst nachgehen zu können? Die umgekehrte Variante ist die, die häufiger vorkommt. Erst kürzlich wieder.

Maria Aljochina konnte aus Moskau fliehen. Sie ist eine Sängerin der russischen Aktivistinnen-Band *Pussy Riot* und stand unter Hausarrest. Die 33jährige hat sich für ihre Flucht aus der Wohnung möglichst auffällig gekleidet und schlüpfte in das neongrüne Outfit eines Lieferdienstes. Auf dem Rücken trug sie eine riesige, ebenso grüne Rucksackbox, in die normalerweise die Abendessen für hungrige, fußfaule Moskauer verstaut werden. Zwei Fluchtversuche an der russisch-belarussischen Grenze scheiterten, der dritte war erfolgreich, von dort erreichte sie mit einem anderen Pass Litauen.

Als junge Studentin wurde sie mit ihren Mitstreiterinnen zu mehreren Jahren Straflager verurteilt. Auslöser war das »Punk-Gebet« der Gruppe in der Moskauer Christerlöser-Kathedrale vor der Wahl im Jahr 2012. Die Protest-Performance gegen Wladimir Putin und den russischen Patriarchen Kyrill I. ging weltweit durch die Medien, obwohl dies sicher einer der geringsten Skandale innerhalb der russisch-orthodoxen Kirche und der Putin-Clique war.

Exakt 100 Jahre vorher legte sich auch ein russischer Künstler mit dem Herrscher über das größte Reich der Welt an. Auch ein Musiker. Aber der Punk war noch nicht erfunden, seine Geschichte dreht sich noch um ein Cello. Es war die Zeit nach dem Ersten Weltkrieg und Russland gehörte nicht nur zu den Siegermächten, sondern hatte das Zarenreich durch die Herrschaft des Proletariats ersetzt. Das bedeutete, dass der Cellist Gregor Piatigorsky in Fabriken, Arbeitervereinen und den Klubs der Roten Armee spielen musste. Pferdeschlitten brachten die Künstler jeden Abend an drei, vier, fünf verschiedene Auftrittsorte. Bezahlt wurde mit dem, was die Fabrik herstellte: Heringe, Wäsche, Schokolade, Schrauben und Babyschuhe.

Piatigorsky schreibt in seinen Erinnerungen: »Nichts Altes durfte unter dem Banner der Revolution bestehen bleiben.« Im Zuge der allumfassenden Umwandlungen in ein bolschewistisches Staatsgebilde im Jahr 1922 wurden auch Städte, Bahnhöfe und Straßen umbenannt. Auch die Orchester.

Der Kulturminister Lunatscharskij, ein gebürtiger Ukrainer und selbst aus dem Zarenreich geflohen und nach der Russischen Revolution zurückgekehrt, rief eine Sitzung zusammen, auf der auch der junge Cellist Piatigorsky, anwesend war. Sein Quartett sollte ab jetzt »Lenin-Quartett« heißen. Piatigorsky, jung und unüberlegt:

»Warum nicht Beethoven-Streichquartett?«

Nach einiger Irritation über diese Wortmeldung, die offensichtlich das Ansehen des Staatsgründers untergraben sollte, setzten sich die politischen Realos durch, Piatigorsky war ab dann Mitglied des Lenin-Quartetts.

Damit war die Sache aber nicht aus der Welt.

Das Quartett wurde in den Kreml eingeladen und spielte Lenin das Grieg-Quartett (wer es wissen will: g-Moll) vor.

Lenin verabschiedete sich von allen, nur zu dem Cellisten Gregor Piatigorsky sagte er: »Sie müssen bleiben!« Piatigorsky sah sich bereits in Sibirien, belegt mit Musikverbot und schlimmeren Repressalien.

Lenin plauderte ein wenig und stellte plötzlich mittendrin die entscheidende Frage:

»Ist es wahr, dass Sie bei der Versammlung protestiert haben?«

Piatigorsky entschuldigte sich.

Und Lenin holte aus, um den über Leben und Tod entscheidenden Satz zu sprechen. Er lächelte dabei:

»Die Zeit siebt Unreinheiten aus und verbessert Fehler, besonders wenn sie in Zeiten wie in den unsren entstehen. Das Lenin-Quartett wird nicht bleiben. Wohl aber Beethoven.«

Also kein Sibirien.

Lenin erlitt kurz danach mehrere Schlaganfälle und starb. Die bolschewistische Kulturpolitik erlaubte keinerlei Öffnung. Das war das Problem für den Cellisten: Er wollte sich verbessern und ausprobieren, er wollte raus, um in einem anderen Orchester spielen. Also sprach er bei Lunatscharskij vor. Der sagte:

»Sie werden in Moskau gebraucht.«

»Ich werde davonlaufen«, erklärte ich offen. Er glaubte mir nicht.

Piatigorsky stellte ein winzigkleines Orchester zusammen, das es nur aus einem Grund gab: Flucht.

Die Musikergruppe rückte ihre Tournee-Auftritte immer näher an die polnische Grenze heran und überquerte eines Abends zu Fuß den Zbrutsch, den Grenzfluss zu Polen. Piatigorsky hielt, während er durch das Wasser watete und die Schüsse der Grenzsoldaten einschlugen, sein Cello hoch über seinem Kopf. Mit durchnässten Kleidern und durchlöcherten Schuhen begann seine Weltkarriere, die im Alter von 73 Jahren in Los Angeles mit seinem Tod endete.

Als Obdachloser spielte er 1925 bei den Berliner Philharmonikern vor und wird von Wilhelm Furtwängler (wer sich mehr für *Tatort* interessiert: der Großonkel der Kommissarin Furtwängler) vom Fleck weg engagiert. Er schaffte es bis nach Amerika, was dazu führte, dass ihn Wikipedia bis heute fälschlicherweise als »US-amerikanischen Cellisten« aufführt. Obwohl die beliebteste Überschrift in amerikanischen Gazettten war: »Piatigorsky, der auf seinem Cello den Dnjepr überquerte«.

Auch, wenn es nicht stimmte, ist seine Besessenheit für das Cello keine Legende. Er erzählte selbst: »Mein Cello wurde auf Mauleseln, Kamelen, Lastwagen, Ruderbooten, Droschken, Fahrrädern, Gondeln, Jeeps, mit einem Unterseeboot aus Italien heraus, auf Untergrundbahnen, in Tramways, auf Schlitten, Segelbooten – und in Amalfi auf einer Tragbahre befördert. Doch das am meisten nervenzerrüttende Erlebnis ist es, wenn ich selbst, im Frack, mit meinen eigenen Händen das Cello über das Podium trage, jedes Mal bevor ich zu spielen habe.«

Als Lenin ihn damals unter vier Augen ausfragte, wollte der von dem Cellisten wissen, ob er Schach spiele. Piatigorsky antwortete darauf nicht.

Gregor Piatigorsky war ukrainischer Herkunft, war der erste Cellist im Bolschoi-Theater, dem größten Orchester der UdSSR, und heiratete in den USA Jaqueline de Rothschild aus der berühmt-berüchtigten Bankiers-Familie. Er ist einer der bedeutendsten Cellisten des 20. Jahrhunderts, aber den meisten völlig unbekannt.

Und ja, er spielte Schach. Einerseits ein russisches Klischee, andererseits organisierte er schon in den sechziger Jahren, gemeinsam mit seiner Frau, auch eine Schachspielerin, einige Schachturniere in den USA. Die beiden spielten bis ins hohe Alter zuhause am fest installierten Schachtisch vor einer Schrankwand, gefüllt mit Hunderten von Schachfiguren, ihre Partien, bis ihn der Krebs einholte.

In seine Heimat kehrte er nie mehr zurück.

Etliche Jahrzehnte später sieht es auch nicht so aus, als ob es den jungen Frauen von *Pussy Riot* jemals möglich sein wird, ohne Gefahr und Bedrohungen in ihre Heimat zurückzukehren. Im Westen reicht man sie wie Zirkuspferde herum. Und man schreibt gerne launig darüber. Wenige Wochen nach ihrer lebensgefährlichen Flucht hat Maria Aljochina mit der Band einen Auftritt in Dachau. Die Kritik erscheint Anfang August 2022 in der *Süddeutschen Zeitung*. Man erfährt, dass *Pussy Riot* am Tag nach dem Konzert das Konzentrationslager Dachau besuchte. Der Journalist: »Dieser Coup gelang ihm (dem Veranstalter) angeblich, weil die »Dachauer Erinnerungsarbeit« einen so »guten internationalen Ruf« hat. Es lag aber auch wohl daran, dass Pussy Riot jede sich ihnen bietende Bühne nutzen.«

Das sind in wenigen Sätzen ein paar Klatschen zuviel: Warum diffamiert ein Journalist der *Süddeutschen Zeitung* einen KZ-Besuch als »Coup«? Warum unterstellt er (natürlich ohne den geringsten Beleg) einer der ernsthaftesten Aktivistinnen-Bands der Welt, den KZ-Besuch als PR-Gag zu missbrauchen? Und warum liest ein vorgesetzter Redakteur diese Zeilen und lässt sie durchgehen? Wir werden es nie erfahren. Aber ist es nicht beschämend, dass für die russischen Kämpferinnen für die Meinungsfreiheit ein Land die Rettung bedeutet, in der solche Zeilen in einer renommierten Zeitung die Meinungsfreiheit zwar belegen, aber missbrauchen? – Entschuldigung, Maria Aljochina!

Er hatte recht

Donald Trump. Der Name brachte schon Lacher. Manchmal ist Kabarett so einfach. Nur Edmund Stoiber konnte ihn schlagen. Jahrelang konnte man mit »Äh, äh, äh« und »10 Minuten« ein paar Minuten Bühnenprogramm gestalten. Bei Trump war es ähnlich. Die (wenigen?) vernünftigen Momente in der Politik haben niemanden interessiert. Schade, denn die gab es wirklich.

»Deutschland ist für mich Gefangener Russlands, weil es so viel Energie aus Russland bezieht. Ich halte das für sehr unangebracht.«

Von Donald Trump? Ja, am 23. Juli 2018 beim Nato-Gipfel in Brüssel. Inzwischen werden es immer weniger, die so einem Satz widersprechen würden. Es ging um die Pipeline Nord Stream 2. Eineinhalb Jahr später verhängten die USA sogar Sanktionen gegen die Unterstützer der Pipeline. Die engen deutschen Beziehungen zu den Energiequellen Russlands waren den amerikanischen Präsidenten schon immer ein Dorn im Auge. Das passte nicht zum Kalten Krieg. Ronald Reagan, Jimmy Carter, John F. Kennedy versuchten alles, um Deutschland davon abzubringen. Schon lange vor Trump gab es Sanktionen.

Dabei ist die Geschichte unserer Russlandgeschäfte lang. Schon vor der Aufnahme der diplomatischen Beziehungen mit der UdSSR gab es Handelsgeschäfte, 17,2 Millionen Mark – damals viel Geld. Im Jahr 1955 reiste Bundeskanzler Konrad Adenauer – bereits 79 Jahre alt – nach Moskau, und bis 1960 hatten die Geschäfte bereits einen Wert von 1,4 Milliarden D-Mark. Das Außenministerium erwartete, dass das sowjetische Erdgas bis zum Jahr 1969 einen Anteil von 20 Prozent am deutschen

Energiemarkt hat. Das Problem war aber der Transport. Für die Pipeline über Kiew fehlten die Rohre. Die könnte Deutschland liefern. *DER SPIEGEL* vom 11. August 1969 schreibt darüber: »Der Generaldirektor der Ruhrgas AG verhandelt seit zwei Monaten – zuletzt in der vorletzten Woche in Moskau – über das größte und politisch bedeutsamste Ost-West-Geschäft der Nachkriegszeit: den Tausch von sowjetischem Erdgas gegen deutsche Stahlrohre.«

Das Geschäft mit dem Klassenfeind war eingefädelt.

Gleichzeitig trieb die UdSSR ein Projekt voran, das später als »KSZE-Schlussakte von Helsinki 1975« in die europäische Geschichte eingehen sollte. Nachdem man mit brutalen Einmärschen in Ungarn und der Tschechoslowakei den Staaten des Warschauer Paktes gezeigt hatte, was passiert, wenn man Moskau untreu wird, präsentierte man sich von der versöhnlichen Seite. Die UdSSR schlug eine europäische Konferenz für Sicherheit und Zusammenarbeit vor. Ziel: Abzug aller ausländischen Truppen aus Europa (gemeint waren die Amerikaner) und als Hauptziel:

Abschaffung der NATO.

Mamas Butterbrot

Essen ist und war in unserer Familie immer groß geschrieben. Das hatte mehrere Gründe. Ende der 20er Jahre hatte meine Urgroßmutter Marie eine vegetarische Gaststätte in der Münchner Sophienstraße. Als im heißen Sommer 1931 der Glaspalast auf der anderen Straßenseite niederbrannte, hatten die Springers Angst, dass die hohen Flammen auch die Gaststätte und die dahinter liegenden Wohnräume entfachen. Gegenüber sah man die riesigen Glasfenster in der Höllenhitze schmelzen. Nach drei Stunden war der Spuk vorbei. Aschewolken zogen über München und das weltweit bekannte Kunstausstellungsgebäude war abgebrannt. Nahezu 3.000 Kunstwerke waren vernichtet. Aus dem Gelände wurde ein Park, der *Alte Botanische Garten*, und um die Kunst kümmerten sich kurz darauf die Nazis: Ein paar hundert Meter weiter bauten sie das Haus der Kunst, ein Hort von Ideologie und Unfreiheit.

Als das Gebäude, und damit die Gaststätte, im Zweiten Weltkrieg durch Brandbomben tatsächlich niederbrannte, musste die Familie fliehen, »nach draußen«, wie man sagte. Das »draußen« war ein Bauernhof am Tegernsee. Opa wurde Gemüsehändler, die fünf Buben Konditor und Koch. Mein Vater half im eigenen Geschäft in Gmund. Alles nah am Essen. Und damit am Überleben. Und trotzdem war das Essen nie reine Nahrungsaufnahme, sondern Beieinandersein. Ich wuchs auf mit reichlich Essen, mittags warm, und eine süße Nachspeise fehlte nie. Aber meine Mama sagte ihr ganzes Leben lang: »A Butterbrot is as Höchste.« Und wie freute sie sich, als ich Alfons Schuhbeck näher kennenlernte und ich ihr erzählte, was er zu mir sagte: »A gscheits Butterbrot ist das Beste, was es gibt.«

Wenn ich heute bei einem siebengängigen Sterne-Menü sitze und es gibt kein Brot am Tisch, ist die Küche bei mir durchgefallen. Brot muss sein.

Vor wenigen Jahren war ich eingeladen in eine TV-Sendung, um mit Alfons Schuhbeck wieder einmal zu kochen. Ich überlegte hin und her, ob das knifflige Sauerbratenrezept oder die italienischen *Bomboloni allo zenzero* das richtige wären. Kurzfristig disponierte ich um. Ich packte die nötigen Zutaten zusammen und marschierte ins Studio ein mit: Brot.

Und wir backten zusammen ein Südtiroler Bauernbrot. Die Resonanz der Zuschauer war enorm.

Wer Brot nur aus dem Supermarkt kennt und sich nicht dafür interessiert, wie man es macht, oder aus was, der sollte trotzdem eines wissen: Für das Grundnahrungsmittel der Menschheit benötigt man: MEHL.

Die Ukraine war bis vor dem Krieg der fünftgrößte Exporteur für Weizen. Tunesien, Libanon, Katar, Pakistan und andere Länder bezogen über 50 Prozent ihres Weizens aus der Ukraine, kleinere Mengen gingen in Dutzende von anderen Ländern, vieles davon nach Afrika.

Ein Drittel des weltweit benötigten Weizens wird aus Russland und der Ukraine bezogen. Jetzt ist Krieg. Davon sollte niemand überrascht sein, denn Weizen und Krieg gehören zusammen. Der amerikanische Bürgerkrieg im letzten Drittel des neunzehnten Jahrhunderts hieß »Getreide (Norden) gegen Baumwolle (Süden)«. Baumwolle kann man nicht essen, der Süden verlor.

Die Gene des Brotgetreides sind über 10.000 Jahre alt. Aber lange machte man daraus lieber einen Brei, oder Bier. Oder beides. Brot backen kam später.

Der Erste Weltkrieg und die Russische Revolution im Jahr 1917 ließen die Weizenpreise explodieren. Dann wieder in den 30er Jahren und während des Zweiten Weltkrieges. Und wieder und wieder wurde das Getreide und damit das Brot teurer und teurer. Aufstände wegen der Brotpreise gab es schon überall auf der Welt.

In den ersten Monaten nach dem russischen Einmarsch in die Ukraine waren ungefähr 25 Millionen Tonnen Getreide in den ukrainischen Häfen blockiert. Bei der Ausfahrt der Schiffe drohte die sofortige Bombardierung durch russisches Militär. Es dauerte Monate, bis in der Türkei über »sichere Korridore« auf dem Wasser für die seit Monaten vollbeladenen Frachtschiffe verhandelt werden konnte. Ein Koordinationszentrum wurde in Istanbul eingerichtet. Im Juli 2022 war es soweit. Der Generalsekretär der Vereinten Nationen, der Portugiese Antonio Guterres, spricht von dem »Leuchtfeuer der Hoffnung«.

Es vergingen keine 24 Stunden, dann schlagen Raketen im Hafen von Odessa ein. Ein Angriff der Russen? Trotz gütlicher Einigung? In Moskau wird dementiert:
WIR DOCH NICHT!!

Es dauert ein paar Tage, bis es offiziell aus Russland heißt: »Es stimmt doch. Das waren doch wir. Hihi.«

Aber es gibt keinen Aufschrei in der Welt. Zu oft hat man es erlebt, dieses Leugnen und Abstreiten, obwohl jeder längst wusste, wer die Täter sind und wo sie sitzen. Salamitaktik nennt man das witzelnd. In Wahrheit ist es die tiefste Verachtung von Menschen.

In den Kriegen, die man in den Nachrichten »Konflikte« nennt, haben wir über die Jahre hinweg eine wichtige

Messeinheit kennengelernt, das Barrel. Damit wird zwar auch Bier, Gas, Wein, Butter, Salz und Schießpulver gemessen, aber uns interessiert vor allem das Erdöl.

Das Barrel ist eine mühsame Einheit und Abituraufgabentauglich.

1 Barrel sind, wenn Wikipedia Recht hat, aufgerundet 158,987294928 Liter. Aber gleichzeitig nur 0,137 Tonnen Erdöl, aber nur bei einer Dichte von 0,8617 Tonnen pro Kubikmeter.

Wenn weltweit das Erdöl zu teuer wird, haben wir eine Krise, wenn es zu billig wird, aber auch, sagen die Experten. Wir sollten uns womöglich sowieso eine neue Maßeinheit merken:

Das Bushel

Das Bushel ist zwar noch fürchterlicher umzurechnen als das Barrel, aber an den sogenannten Derivatebörsen wird damit ziemlich viel gerechnet. Es ist die Gewichtseinheit für Getreide. 1 Bushel ist ungefähr 27 Kilogramm Weizen, aber nur 21 Kilo Gerste, oder 25,4 Kilo Roggen. Wobei die Feuchtigkeit des Getreides auch eine große Rolle spielt, worüber uns das Internet belehrt:

»Die prozentuale Getreidefeuchte ist definiert als das Verhältnis der Masse des in der Getreideprobe enthaltenen Wassers zur Gesamtmasse der Getreideprobe.« Nerds, das ist doch was für Euch!!!

Wie wir alle wissen, spielt das Brot im Neuen Testament der Bibel eine entscheidende Rolle (Stichwort: das letzte Abendmahl). Nicht verwunderlich, da die Kornkammer des Römischen Reiches in der (noch heute fruchtbaren) Bekaa-Ebene des Libanon lag.

Aber das Brot war und ist mehr als ein Nahrungsmittel. Es ist wie das Essen bei meinen Eltern: Ein Symbol für Beieinandersein. Als ich 2012 und 2013 verzweifelt und mit zu wenig Geld ausgestattet im Norden Syriens versuchte, geflohenen und im Dreck lebenden Menschen zu helfen – verzweifelt deshalb, weil zu dieser Zeit sich niemand um die Syrienkrise scherte – kam ich zurück und beschwor unsere Politiker: »Wenn *wir* ihnen kein Brot geben, werden sie es von Al-Qaida nehmen.« (Es existierte damals noch kein Islamischer Staat).

Aber wir gaben ihnen kein Brot, und sie nahmen es von Al-Qaida. Damit waren sie Islamisten – sagte Assad. Und Putin auch. Und der Iran auch. Und sie bombardierten sie.

Dabei ging es damals nur um das Brot.

Ich wünsche der Ukraine eine reiche und friedliche Weizenernte. Sie könnten damit viel Hunger in der Welt verhindern. Aber sie könnten auch einiges davon für sich behalten und Horilka daraus machen, den Brotwein. In den »100 Karten für die Ukraine« wird das Ritual der Trinkrunden penibel genau beschrieben:

Runde 1 auf das Beisammensein. Runde 2 auf Gastgeber und Gastgeberin. Runde 3 auf die Frauen. Runde 4 auf die Männer. Usw. »Runde 7 bis 21 sind der Liebe gewidmet.«

Das Trinken nach einer fast übermenschlichen Leistung hat eine uralte Tradition: Urvater Noah hatte den Auftrag eine Arche zu bauen, obwohl er vom Schiffbau keinerlei Ahnung hatte. Er sollte damit das letzte Häuflein Menschen retten, dazu alle Tiere, alle Pflanzen. Und letztlich Gott auch. Denn, ohne Menschen auch kein Gott.

Noah hat es geschafft. Trotz strömendem Regen, Orkan und Flut. Was tat er, als der Auftrag erledigt war? Er baute Wein an und betrank sich. So steht es in der Bibel. Prost! Auf die Ukraine!

Mark Twain und der Warschauer Pakt

1968 war das Jahr der sowjetischen Niederschlagung des »Prager Frühlings« und gleichzeitig das Jahr des Songs *Revolution* der Beatles (und vieles mehr). Kalter Krieg. Und dennoch filmten Wessis in den Staaten des Warschauer Pakts für das kapitalistische Fernsehpublikum. Die harte D-Mark öffnete spektakuläre Drehorte in Bulgarien, Jugoslawien und Polen zu einem Spottpreis. So wurde auch Winnetou nicht im Wilden Westen erschossen, sondern in den Gebirgen Ex-Jugoslawiens. Und das rumänische Donaudelta wurde für das Westfernsehen zum Mississippi.

Mark Twains Abenteuer des Tom Sawyer und seines obdachlosen Freundes Huckleberry Finn wurden dort verfilmt, um an Weihnachten als vierteiliger Straßenfeger in den deutschen Wohnzimmern zu laufen.

Zu Zeiten der Erstausstrahlung war ich erst vier Jahre alt und wir hatten noch keinen Fernseher, daher bin ich erst nach einigen Jahren, als die Wiederholungen liefen, in den Genuss der amerikanischen Lausbuben-Geschichten gekommen.

Heute weiß ich, dass Mark Twain gewaltig unterschätzt wird, ein Schicksal von so manchem Autor, dessen Jugendbücher weltberühmt wurden. Seit Jahren stehen Mark Twains gesammelte Werke vor mir auf dem Schreibtisch, fünf Bände, jeder Band tausend Seiten. Das meiste hat mit Jugendliteratur nichts zu tun. Lesenswert seine Reise nach München. Unbekannt seine »Reportagen aus dem Reichsrat« in Wien von 1898. Minutiös zitiert er die rechtsradikalen Äußerungen und antisemitischen Grundhaltungen im österreichischen Parlament der untergehenden Habsburger-Monarchie.

Mark Twain war auch im Krieg. Es war einer der brutalsten Kriege der Neuzeit und zum ersten Mal ahnte man das ungeheuerliche Ausmaß kommender moderner Kriege: Mittels Ballons gab es die erste Luftaufklärung. Und am Boden eine schreckliche neue Waffe: Das Maschinengewehr. Es war der Amerikanische Bürgerkrieg von 1861 bis zum Sommer 1865, der fast 800.000 Menschen tötete.

Mark Twain war bei Kriegsausbruch fünfundzwanzig Jahre alt, er hatte Freude, Geschichten zu erfinden, und war aufgewachsen mit dem Trauma der Familie: Die einzige Sklavin, die man besaß, musste verkauft werden. Man fühlte sich am Boden, zerstört, ja fast schon selbst versklavt und im Baumwollfeld schwitzend, gedemütigt, geschlagen.

Doch Mark Twain zog später frohgemut in den Krieg. Siegesgewiss.

Schützengraben und Sturmangriffe hat Twain nicht erlebt, er kam nicht einmal in die Nähe der Front. Er trieb sich mit anderen Kriegslüsternen herum, tagelang auf der Suche nach Truppenanschluss, bis es zum ersten Schusswechsel kam:

»Es stellte sich bald heraus, dass ich nicht als einziger gefeuert hatte; fünf weitere hatten geschossen – so teilte sich die Schuld auf, was mir eine große Erleichterung war. Der Mann trug keine Uniform und keine Waffen. Er war fremd in dem Land; das war alles, was wir über ihn erfuhren. Der Gedanke an ihn zehrte an mir jede Nacht; ich konnte ihn nicht loswerden. Ich konnte ihn nicht vertreiben, das Auslöschen dieses schuldlosen Lebens schien so leichtfertig. Und es schien mir das Wesen des Krieges im Kleinen darzustellen: Genau so musste der ganze Krieg sein – das Töten von Fremden, gegen die man keinen persönlichen Hass hegte, von Fremden, denen man unter anderen Bedingungen in der Not beistehen würde und die selbst Hilfe leisten würden, wenn man welche brauchte.

Mir war der Feldzug verdorben. Es kam mir vor, als hätte ich nicht das richtige Zeug zu diesem schrecklichen Geschäft, als wäre der Krieg für Männer, ich aber zum Kindermädchen bestimmt. Ich beschloss, von dieser Mission eines Scheinsoldatentums zurückzutreten.«

Donbass

Drei Jahre vor dem Einmarsch 2022 veröffentlicht die *Stiftung Wissenschaft und Politik* (SWP), die die Bundesregierung berät, eine Studie über den Osten der Ukraine. Namensgeber der Region Donezk/Donbass ist der Fluss Donez, der den russischen Don mit dem Dnipro (Dnjepr) verbindet, dem drittlängsten Fluss Europas. Jede fünfte Stadt der Ukraine liegt in diesem Gebiet, das reich an Rohstoffen ist und von der Größe etwas kleiner als Bayern. Als 2019 die Studie erscheint, waren bei den Kämpfen bereits mindestens 12.000 Menschen getötet und Zehntausende verwundet worden. In illegalen Gefängnissen gibt es Folter und Zwangsarbeit. Die humanitäre Hilfe für das Gebiet an der russischen Grenze scheitert »angesichts beschränkten Zugangs, politischer Willkür und fast vollkommener Intransparenz« der Geldflüsse.

Alle wollen Frieden, vor allem Putin, der die Menschen der Donbass-Region nur beschützen will, behauptet er. Für ihn lebt dort eine russische Bevölkerung, die der Willkür der Nazis in Kiew schutzlos ausgesetzt ist. Ein weiterer diplomatischer Schachzug im Jahr 2017 war sein Vorschlag, doch bitte endlich eine UNO-Mission dorthin zu schicken. Das klingt nur dann vernünftig, wenn man vergessen hat, dass die Regierung in Kiew schon zwei Jahre zuvor inständig nach einer UN-Entsendung gebettelt hat, die Putin abgelehnt hat. Darüber hinaus hat Putins Vorschlag einen Haken: Die UN-Mission darf nur in einen kleinen Teil des Donbass, dorthin, wo er es für richtig hält.

Schon 2019 schreiben SWP-Autoren, »das Verhältnis der EU zu Russland ist derzeit zerrüttet, die Einflussmöglichkeiten sind gering. Dabei gilt es, den Sanktionsdruck aufrechtzuerhalten.«

Putin streitet ab, Einfluss auf den Donbass zu nehmen, dennoch belegt der deutsche Bericht, dass der Donbass inzwischen abgespalten wurde von der Ukraine, wirtschaftlich vollständig von Russland abhängig ist und politisch direkt aus Moskau gesteuert wird. Die 2014 von den Separatisten verfassten »demokratischen Verfassungen« für das abgetrennte Gebiet sind nur auf dem Papier existent, in Wahrheit herrscht Diktatur.

Der SWP-Bericht spart nicht an Deutlichkeit und Belegen: »Moskau bestreitet bis heute sowohl die Lieferung schwerer Waffen und anderer Ausrüstung in die Ostukraine als auch den Einsatz regulärer russischer Streitkräfte dort. Im April 2015 erklärte Putin: »Ich sage [...] geradeheraus und deutlich: Es gibt in der Ukraine keine russischen Truppen.« Doch liegen zahlreiche investigative Studien westlicher wie russischer Herkunft vor, die minutiös nachweisen, dass russische Truppen im Sommer 2014 bei Ilowaisk sowie im Februar 2015 um den Flughafen von Donezk und in Debalzewe eingesetzt wurden. Methodisch basieren diese Studien unter anderem auf Satellitenaufnahmen, Geolokation anhand Fotografien von Kriegsgerät, in sozialen Netzwerken geposteten Aufnahmen und Aussagen russischer Soldaten, die in der Ukraine eingesetzt waren, Interviews mit solchen Soldaten, mit Zeugen ihrer Einsätze oder Angehörigen sowie Aufnahmen und Zählungen von Särgen, in denen gefallene russische Soldaten nach Russland zurücktransportiert wurden.“

Der Journalist Hubert Seipel beschreibt in seiner gefälligen Biografie *Putin – Innenansichten der Macht* die

Haltung Putins im Sommer 2015: Merkel und Hollande fährt er fort, erklärten ihm nach wie vor öffentlich, dass es sich bei den Aufständischen um prorussische Separatisten handle. »Nehmen Sie Einfluss, machen Sie dieses, machen Sie das so und so.«, erinnert er sich an die ständigen Ermahnungen. Er sieht in der Aufforderung, anstelle der Aufständischen, die Kiew als Verhandlungspartner ignoriert, müsse *er* verhandeln, nichts anderes als den Versuch, ihn prinzipiell zum Sündenbock zu stempeln. »Ich bin nicht ukrainischer Staatsbürger.«

Das Kapitel endet mit einem weiteren Zitat von Putin: »Wir werden nicht zulassen, dass die Menschen in der Ostukraine eingekesselt und vernichtet werden.«

Als im Frühjahr 1990 die Sowjetunion zerbrach, erklärten sich etliche Staaten der ehemaligen UdSSR (Union der Sozialistischen Sowjetrepubliken) für unabhängig. Das Riesenreich zerfiel und Moskau versuchte mit Sanktionen und Wirtschafts-Blockaden die Abtrünnigen aufzuhalten. Alte Seilschaften versuchten, Gorbatschow zu stürzen. Das trieb die Teilstaaten nur noch schneller weg von der UdSSR. Das ukrainische Parlament beschloss daraufhin am 24. August 1991 die Unabhängigkeit für die Ukraine. Das Volk sollte die Unabhängigkeitserklärung bestätigen, am 1. Dezember 1991 kam es zur Abstimmung mit der Frage: »Unterstützen Sie die Unabhängigkeitserklärung der Ukraine?« Die Wahlbeteiligung lag bei 85 %, von denen 92,3 % mit Ja stimmten, das entsprach einer Zahl von neunundzwanzig Millionen Menschen. Das Abstimmungsergebnis in der Donbass-Region lag zwischen achtzig und neunzig Prozent Zustimmung.

Und man brauchte einen Namen für das neue Land. In der Sitzung fallen viele Vorschläge durch, bis der ukrainische Schriftsteller Dmytro Pawlytschko die Entscheidung brachte: »Warum nicht einfach Ukraine?« Er erinnert sich gerne an diesen Augenblick: »Wir mussten nicht weiter reden, alle Gesichter strahlten vor Zufriedenheit. In weniger als einer Minute entschieden wir über den Namen unseres Landes. Ukraine.«

Ende September 2022 tut der Diktator das, was Diktatoren immer tun, wenn sie beweisen wollen, dass sie lupenreine Demokraten sind: Sie fragen das Volk. Die »Volksrepubliken« Donezk und Luhansk und die Region Cherson beauftragt Putin, ein sogenanntes Referendum abzuhalten. Die Frage an die Menschen lautet: Wollt Ihr dem »Mutterland Russland« beitreten? Um keine unliebsamen Ergebnisse zu bekommen, werden schwerbewaffnete Milizen in die Häuser geschickt, die gerne beim Ausfüllen der Fragebögen »helfen«. Die Inszenierung bringt das gewünschte Ergebnis. Was lange als Ost-Ukraine galt, sehnt sich jetzt offiziell danach, endlich zu Russland zu gehören. Viele Familien versuchen nach Westen zu fliehen, etliche überleben die Flucht nicht.

Für den Verlauf des Krieges bedeutet das, dass ab jetzt »alle Mittel des Selbstschutzes« angewendet werden dürfen, schreibt Ex-Präsident Medwedew im Internet. Auch Atomwaffen.

Handel durch Wandel

Der Spruch geht doch anders? »Wandel durch Handel«, so stimmt's. Aber inzwischen haben auch die letzten Hardcore-Kapitalisten eingesehen, dass man für Demokratie und Menschenrechte etwas mehr braucht als reibungslose Kontoverbindungen. Handel durch Wandel trifft es besser. Als sich die UdSSR an Weihnachten 1991 in Luft aufgelöst hatte, ging es richtig los mit den Geschäften im Nachfolgestaat *Russländische Föderation*, wie es amtlich heißt.

An Handelsbeziehungen ist überhaupt nichts auszusetzen. Aber seit dem Überfall Russlands auf die Ukraine befürchten wir großes Unheil für unsere Wirtschaft. Ein fast schon antikes Klagegeschrei erhebt sich von Flensburg bis Garmisch, wie sehr wir uns doch von Russland abhängig gemacht hätten. Doch niemand spricht darüber, wie abhängig Russland von Deutschland ist.

Russland ist ungefähr zehntausend Kilometer lang, in der Landmasse stecken die größten Rohstoffreserven der Welt. Aber ökonomisch klappt es hinten und vorne nicht. Das Bruttosozialprodukt der UdSSR lag 1956 bei 5,9 %, 1960 bei 5,0 %, 1971 bei 3,7 %, 1981 bei 2,7 % und ab 1989 ging es in den Minusbereich: minus 2, minus 6, minus 10 Prozent innerhalb von zwei Jahren. Gorbatschow griff zum letzten Mittel und verkaufte das sogenannte Tafelsilber: russisches Gold. 1985 hatte Moskau noch 2.500 Tonnen davon im Keller. Zehn Jahre später war es zusammengeschmolzen auf 240 Tonnen. Die Ölförderung stürzte von 1.200 Millionen Barrel auf 510 Millionen ab.

Da traf es sich gut, dass wir keine Ambitionen hatten auf Solarenergie umzusteigen, und die dörflichen Arbeitsgruppen konnten ihre (leicht errungenen) Siege bejubeln, wenn das Windrad doch nicht in Sichtweite gebaut wurde. Also: Gas!

Und Putin hatte es. Deutschland ist nach China der zweitgrößte Wirtschaftspartner Russlands. CLAAS, DMG-Mori, Daimler und Hunderte andere bauten mit Moskau starke Geschäfte auf. Und Krim-Annektierung, Krieg im Donbass und Bedrohung der Rest-Ukraine hin oder her, noch 2017 schrieb man sich die deutschen Finger wund bei der Unterzeichnung von Verträgen: WILO, SAP, Phoenix contact, Linde und die Viessmann Werke, WIKA und BASF sind hier nur beispielhaft erwähnt. METRO investierte noch 100 Millionen Euro in den Bau von einigen Supermärkten um Moskau herum. Jetzt kommt es zu Problemen. Bionorica steht mit ihrer Produktpalette für die Gesundheit von Menschen. Soweit so gut. Aber jetzt ist Krieg. Selbstverständlich sorgt sich der Chef der Firma um seine 130 Mitarbeiterinnen und Mitarbeiter in seinem ukrainischen Ableger. Doch die größere Summe Geldes ist in Russland investiert. Was tun? In Russland wird es zu keinen Einschränkungen der Geschäftsbeziehungen kommen, heißt es aus der Firma.

Aber: »Wir hoffen inständig, dass die Politiker jetzt schnellstmöglich eine friedliche Lösung zur Beilegung dieses Kriegs finden, um weiteres menschliches Leid abzuwenden.«

Derlei empathieloses Geplappere könnte man sich auch sparen.

Abseits der gesamten Gas-Debatte treibt ein Teil von Deutschlands Wirtschaftswelt weiterhin ungerührt einen unglaublichen Handel mit einer Diktatur, die die Bevölkerung seines europäischen Nachbarlandes ermorden lässt. Während sich Lindt & Sprüngli aus Russland zurückziehen, gibt der Ritter-Sport-Chef Erklärungen ab, warum das bei ihm nicht so ist: »Ich glaube immer noch, dass wirtschaftliche Verknüpfungen friedensschaffende Wirkungen erzielen.« Andreas Ronken sollte mal mit ukrainischen Firmenbesitzern sprechen, die immer gute Geschäftsbeziehungen zu Russland hatten und nun massakriert werden. Natürlich folgte seinen Äußerungen ein Shitstorm, »Quadratisch. Praktisch. Blut.« Aber der studierte Maschinenbauer mit einer halben Milliarde Umsatz im Jahr legte in einem Interview im *Handelsblatt* nach: »Es kann nicht sein, dass wir nur innerhalb unseres Wertesystems liefern. Die große Gefahr liegt doch darin, dass wir dann zwei Wertewelten bekommen, damit wächst die Gefahr eines dritten Weltkrieges.«

Das ist mal ein Selbstbewusstsein: Wenn wir keine quadratische Schoki mehr verkaufen, kommt der Weltkrieg!

Die Wahrheit ist, dass Andreas Ronken etwa zehn Prozent verlieren würde, wenn er Russland boykottieren würde. Das schmerzt eine Firma.

Dann bleibt uns eben nichts anderes übrig, als die Lösung selbst in die Hand zu nehmen, und diese zehn Prozent mehr Schokolade zu verspeisen. Zumindest das sollte uns die Ukraine wert sein.

Und im Sinne von Karl Valentins Spruch: »Ich bin auf Sie angewiesen, aber Sie nicht auf mich! Merken Sie sich das!«, ein Aufruf an alle: Sanktioniert Russland!

Deutschland gibt am meisten

Wolodimir Selenskyj fürchtet, dass die internationale Hilfe nachlässt. Wir Deutsche fürchten, dass man die Ukraine noch länger und mit noch viel mehr Geld unterstützen muss. Bis zum Spätsommer 2022 hat die Ukraine circa 85 Milliarden Euro erhalten. Spitzenhelfer sind die USA: 45 Milliarden.

Deutschland liegt gleichauf mit Kanada an vierter Helfer-Position. Ungefähr drei Milliarden Euro sind aus dem deutschen Staatssäckel nach Kiew geflossen.

Das sind, salopp gerechnet, nur 3,5 Prozent (!) der gesamten Unterstützersumme für die Ukraine. Ein Armutszeugnis für alle die, die nicht rechnen können. Adam Riese, hilf.

Quo vadis, Sarah Wagenknecht?

Kurzes Röckchen, strenge Frisur, Stock im Rücken und ein Gesicht, mit dem man in Las Vegas an jedem Pokertisch Angst und Schrecken verbreiten würde. Das ist Sarah Wagenknecht. Sie ist zwar *DIE* Linke, aber trotzdem über die eigene Wählerschaft hinaus irgendwie bei überraschend vielen beliebt, respektiert, und vor allem gern angestarrt von den männlichen Fans aus rechten, linken und mittleren politischen Milieus. Sexy und unerreichbar. Eine, die mit ihrer Gescheitheit nicht abschreckt. Das Gegenteil von Renate Künast, sagt man. Der weibliche Helmut Schmidt aus Jena.

Aber jetzt ist es aus. Die Reihen der linken Unterstützer*innen lichten sich, sogar Gregor Gysi mag sie nicht mehr. Er ist »entsetzt« über sie, schreibt er. Das Parteiausschlussverfahren klappte allerdings nicht. Sie muss sich ab jetzt nur die Beschimpfungen der Parteikollegen anhören. Querdenken wird ihr vorgeworfen und der Austritt nahegelegt, ein anderer schreibt, »meine Fraktionsgenossin bist du nur noch formal«.

Was war passiert? Nichts, was nicht vorhersehbar war.

Wagenknecht unterstützt Putin, ohne es so offen zu sagen. Sie twitterte, dass aus Deutschland ein »wahnsinniger Krieg gegen Russland« geführt wird.

Stimmen werden laut, sie solle sich doch gleich bei der AfD anmelden oder irgendwelchen anderen Rechtsradikalen anschließen. Auf den ersten Blick erscheint das absurd, der Weg von ganz links nach ganz rechts ist weit. Meint man. Denn es gibt eine Abkürzung: von extrem nach extrem.

Stalin feierte im Dezember 1939 seinen 60. Geburtstag und Hitler, den Stalin zuvor einen »Prachtkerl« genannt hatte, gratulierte: »Zu ihrem sechzigsten Geburtstag bitte ich Sie, meine aufrichtigen Glückwünsche entgegenzunehmen. Ich verbinde hiermit meine besten Wünsche für Ihr persönliches Wohlergehen sowie für eine glückliche Zukunft der Völker der befreundeten Sowjetunion.«

Äußerst süße Worte, obwohl Hitler doch in *Mein Kampf* geschrieben hatte, dass die »Regenten des heutigen Russlands blutbefleckte, gemeine Verbrecher sind, dass es sich hier um einen Abschaum der Menschheit handelt.«

Stalin hatte *Mein Kampf* gelesen.

Achtzehn Monate nach den Geburtstagswünschen marschierte Hitlers Armee in die Sowjetunion ein.

Als die Nazis 1933 die Macht an sich rissen, waren die Kommunisten die ersten Opfer. Geschlagen, getreten, verhaftet, ausgegrenzt und ermordet. Tausendfach. Todfeinde!

Noch im Jahr zuvor aber arbeitete man Hand in Hand. Im *Karl-Liebknecht-Haus* in Berlin Mitte gingen die Nazis ein und aus. Das Gebäude war der Sitz der KPD, heute ist es die Adresse der Bundesgeschäftsstelle von DIE LINKE. Walter Ulbricht, damals KPD-Chef und später Staatsratsvorsitzender der DDR, und Joseph Goebbels, damals der Berliner Gauleiter der NSDAP, schmiedeten 1932 gemeinsame Pläne für die drei Tage dauernde Blockade der Berliner Verkehrs-Betriebe. Es ging um die Löhne. Die wirtschaftliche Lage in Deutschland war eine Katastrophe, ungezählte Menschen waren in bitterste Armut gestürzt, da entschieden die BVG-Chefs, die Stundenlöhne zu kürzen. Es kam zum Streik, der in Gewalttätigkeiten ausartete. Oberleitungen wurden gekappt, Gleise herausgerissen, Nicht-Streikende überfallen, es gab Tote und Verletzte. Das SPD-Blatt »Vorwärts« schreibt: »Schöneberger Hauptstraße. Nationalsozialisten und Kommunisten hielten die Verkehrsader in dichter Masse besetzt.« Klaus Rainer Röhl zitiert in seinem Buch »Die letzten Tage der Republik von Weimar« einen KPD-Politiker im BVG-Streik von 1932: »Bolschewismus und Faschismus haben ein gemeinsames Ziel: die Zertrümmerung des Kapitalismus.«

Goebbels und Ulbricht vereinbarten eine gemeinsame Streikleitung. Das war 1932. Ein Jahr später stand Walter Ulbricht auf den Fahndungslisten der NSDAP, er floh nach Moskau. Den Nichtangriffspakt zwischen Hitler und Stalin hielt Walter Ulbricht für bombenfest. Hitler werde nie einmarschieren, schon allein aufgrund der abschreckenden Stärke der Roten Armee. Er hat sich getäuscht. Sarah Wagenknecht auch.

Sehr schlechter Russen-Witz

Warum klauen die Russen immer zwei Autos?
Sie müssen auf ihrem Heimweg noch durch Polen.

Ist Russland europäisch? Achtung: Wissen!

Für so eine Frage braucht man Hilfe von Experten. Und die sind sich alle einig. Sie sagen: Es kommt darauf an. Betrachtet man es historisch, kulturwissenschaftlich, philosophisch, religiös, militärisch, ökonomisch, transzendent, verschwörungstheoretisch, byzantinisch, vegan, oder aus der Sicht von Nichtrauchern oder Linkshändern? Vor einigen Jahren war ich auf einem Podium eingeladen zur Eröffnung der bayerischen Europa-Woche. Ich nahm das Mikrofon und fragte in das Publikum: »Die Zukunft wird immer in den Städten entschieden. Was sind die größten Städte von Europa?«

Man hörte förmlich die Gedanken im Raum: Rom? Madrid? London? Paris? Auf jeden Fall wanderte man im Geiste zu den Metropolen, die Großartiges in der europäischen Geschichte geleistet haben.

Ich lieferte die Auflösung: »Die beiden größten Städte Europas sind Istanbul und Moskau. Jeweils beherrscht von zwei Präsidenten, Erdogan und Putin, die nicht für unsere Werte stehen. Schon etwas unangenehm, oder?«

Unbestreitbar ist die Tatsache, dass Europa ein Teil Eurasiens ist. Auf dieser europäischen Erdkruste hausen derzeit 700 Millionen Menschen in knapp 50 Staaten. Nur etwa die Hälfte dieser Staaten ist in der EU. Sechzig Sprachen werden von den Menschen gesprochen, die deutsche gilt als die größte Sprachgruppe (Spaniens Ex-Kolonien zählen nicht mit).

Im Denken der Väter war Europa auf drei Städte gebaut: Rom, Athen und Jerusalem. Der Gedanke war in der Renaissance ebenso beliebt wie in den höheren Schulen der 50er Jahre. Er umfasste die christlich-humanistische Bildung. Und er vergaß, dass das mittelalterliche Wissen von Cordoba und Konstantinopel geprägt war, also moslemisch und oströmisch. Der nächste kulturelle Aufsteiger war: Kiew. Eine Vielvölkermetropole damals. Obwohl er es besser weiß, pflegte der bayerische Papst Benedikt in seiner unsäglichen »Regensburger Rede« noch das Klischee der christlich-abendländischen Kultur. Die Aufklärung im 18. Jahrhundert scheint es nie gegeben zu haben. Neuzeit? Höchstens als Quelle allen Übels.

Dag Nikolaus Hesse, der zu Unrecht unbekannte deutsche Philosophiehistoriker, Arabist und mittellateinische Philologe, beklagt in seinem Buch »Was ist europäisch?«, dass wir in den Europa-Debatten nur noch zwei Sichtweisen kennen: »Entweder fordern wir konservativ Integration und Angleichung an eine Leitkultur oder linksliberal Multikulturalität im Sinne einer Vermischung von Kulturen. Für die europäischen Vielvölkerstädte der Vergangenheit ist weder das eine noch das andere typisch. Sie boten rechtliche Sicherheit für die verschiedenen ethnischen Gruppen und akzeptierten gleichzeitig das Nebeneinander unterschiedlicher ethnischer und religiöser Traditionen und Praktiken. Die Lehre daraus ist, dass ein solches Nebeneinander für ein funktionierendes Gemeinwesen ausreichen kann.«

Auch im Jahr 2022 ist Europa keine Region, die vorbildhaft »das Nebeneinander« geschweige denn ein Miteinander geschafft hat. Aber der größte Teil Europas ist sich darin einig, dass das Ausradieren einer kulturellen Identität niemals der Weg in eine friedliche Zukunft sein könnte. Es gibt die ukrainische Sprache, ukrainische Literatur, ukrainische Tänze und Volkslieder, und einen ukrainischen *Way of Life*. Ob es russischen Politikern passt, oder nicht. Muhammad Ibn Hawqal, ein arabischer Geograph, hatte im zehnten Jahrhundert bereits den *Senator-Status*. Kaum jemand hatte so viele Meilen geschafft wie er: Türkei, Irak, Usbekistan, Andalusien, Sizilien, und eine der ersten Beschreibungen von Kiew. Der Landmasse, die wir Europäer bewohnen, gab er den Namen: »al-ard as-saghir«, *das kleine Land.*

Noch immer gibt es endlose Diskussionen darüber, was Europa ist, und wer dazu gehört. Vor allem im sportlichen Bereich, wenn es um die Teilnahme Israels an europäischen Wettkämpfen geht. Warum EM mit Israel, das in Asien liegt?

Antwort: Israel wird von den Nachbarn seit Jahrzehnten boykottiert, es wird aus Asien-Wettbewerben ausgeschlossen, und ebenso aus allen Wettbewerben, die etwas mit den Ländern des Nahen Ostens zu tun haben. Falls ein internationaler Wettbewerb seine Kämpfe im Nahen Osten hat, wird die Hymne Israels nicht gespielt. Deshalb nimmt Europa die Sportler Israels als Player auf. Nicht, weil Deutschland das sogenannte Holocaust-Syndrom hat, sondern weil Israel die europäischen Werte pflegt.

Jerusalem, Athen, Rom – ist das Mittelalter zurück? Nein. Europa will das »Nebeneinander« des Dag Nikolaus Hesse. Manchmal geht's, manchmal nicht.

Rachmaninoff in Syrien

Wir begeben uns zurück in die Steinzeit der Technik: kein Handy, kein Netflix, kein Amazon Prime. Aber es gab MiniDisc, eine der erfolglosesten Erfindungen der Menschheit. Quadratisch und nur fünf Millimeter dick, das unauffälligste Aufnahmegerät, das es jemals gab. Deswegen lebe ich heute noch. Ich ließ ein kleines Mikrofon dafür bauen und versteckte unter meinem Sakko zwei Meter Kabel. So marschierte ich viele Jahre in Syrien auf und ab und kam mit heimlich gemachten Interviews zurück, in denen mir über den ehemaligen SS-Obersturmbannführer Alois Brunner erzählt wurde. Brunner war ein Staatsgeheimnis der Syrer und gedeckt vom BND. Ich stand mit Simon Wiesenthal und Beate Klarsfeld in engem Kontakt, und wollte den Massenmörder vor Gericht bringen. Um mich im Hotel von der Angst abzulenken, dass mich syrische Geheimdienste entdecken, schob ich immer erst eine Kommode vor die Zimmertür und legte mich dann mit meiner einzigen MiniDisc aufs Bett. Ich hörte russische Musik. Das zweite Klavierkonzert von Sergei Rachmaninoff. Für Rachmaninoff-Konzerte muss der Klavierspieler große Hände haben. Mehr wusste ich nicht darüber. Ich hörte es viele Hundert Male, und so kam es, dass ich auch die anderen Russen hören wollte: Schostakowitsch, Mjaskowski, Skrjabin, Rimski-Korsakoff und auch Alfred Schnittke. Das ist altbacken und bildungsbürgerlich, denke ich manchmal. Aber ich erlaube es mir in einer Zeit, in der das Wort Krieg zu Russland mehr Bezug hat als Kunst und Kultur. Der Komponist ist bei weitem weniger gefährlich für die Menschen als der Bomberpilot. Im Konzert schläft man im schlimmsten Fall ein. Man ist in den seltensten Fällen danach tot.

Tod durch Verschwörungstheorie

Mit meinem Studium semitischer Sprachen, meinen regelmäßigen Aufenthalten im Nahen Osten und meiner Freundschaft zum Libanon und Israel gleichermaßen, ist der Verlauf von politischen Diskussionen vorhersehbar: Die Amerikaner sind schuld. Ihre Gier nach Öl und ihr kapitalistischer Imperialismus zerstörten jegliche Aussicht auf Frieden im Nahen Osten. Die Beispiele waren schnell zur Hand: Irak-Krieg, Afghanistan und natürlich die Unterstützung des Schahs im Iran, bis 1979 Khomeini kam. In den Diskussionsrunden war aber niemand dabei, der wusste, dass am Nachmittag des 25. August 1941 britische UND sowjetische Truppen in Teheran einmarschiert waren. Der Iran wurde geteilt, in eine sowjetische und eine britische Zone. Nach dem Zweiten Weltkrieg zogen die Briten ab, Stalin blieb. Bis US-Präsident Truman drohte einzumarschieren. Und immer wieder CIA, CIA, CIA.

Ich finde es spannender, auch auf die andere Seite zu schauen. Aber sobald die Gespräche auf russische Geheimdienste kamen, landete man nicht bei realen Geschehnissen, sondern beim letzten James Bond. Wenn sich Unwissenheit mit Ideologie verbrüdert, stirbt der Dialog. Schade, denn es geht um die größte Verschwörungstheorie der Geschichte: *Die Protokolle der Weisen von Zion*.

Die erfundenen *Protokolle* sind ein antisemitisches Pamphlet aus dem 19. Jahrhundert und sollten als Beweis dafür dienen, dass die Juden nach der Weltherrschaft streben. In die Welt gesetzt wurden *Die Protokolle der Weisen von Zion* vom russischen Geheimdienst. Es ist die größte Lüge der Weltgeschichte, die Millionen Juden das Leben kostete – und noch kosten wird. Denn die

Protokolle werden von viel zu vielen, bis heute, als echt angesehen. Im Jahr 2016 sagte der baden-württembergische Landtagsabgeordnete Wolfgang Gedeon (damals AfD) zynisch, er hält die *Protokolle der Weisen von Zion* für ein »geniales Herrschaftskonzept«.

Die erste Veröffentlichung der *Protokolle* gab es im Jahr 1903 in einer rechtsextremen St. Petersburger Zeitung, dessen Herausgeber selbst eine Judenverfolgung inszeniert hatte. Pjotr Ratschkowski (gestorben 1910) und sein Assistent Matwei Golowinski (gestorben 1920) leiteten die Abteilung für Auslandsfragen des russischen Geheimdienstes und standen hinter der Herstellung der *Protokolle der Weisen von Zion.* Doch die wahren Ursprünge sind bis heute ungeklärt – Wasser auf die Mühlen von Verschwörungstheoretikern. Ausgangspunkt war wohl ein Buch des Gutsbesitzers und religiösen Schriftstellers Sergej Nilus, in dem ein erfundener jüdischer Redner die Ziele und Methoden eines geheimen jüdischen Zirkels erklärt. Aus den 24 fiktiven Kapitelchen wurden *Die Protokolle.*

Auch schon die 2.000 Jahre vorher wurde Juden alles Abscheuliche in die Schuhe geschoben, doch seit den *Protokollen* hat es der Antisemit und Verschwörungstheoretiker Schwarz auf Weiß, und – das ist das Wichtigste – aus jüdischem Mund. Das Geständnis, dass *der Jude* »mit allen Mitteln der List, des Truges, der Massenbetörung und der Finanz-Machenschaften die Schicksale der Völker lenkt«. »Sie allein sind die Verantwortlichen für die furchtbare Lage der Völker!« Das, was 1924 der Verleger Theodor Fritsch über die Echtheit der *Protokolle* schrieb, ist bis heute zu hören. Friedrich Nietzsche, den Fritzsch mit einigen seiner Schriften beschickte, notierte drüber: »Neulich hat ein Herr Theodor Fritsch aus Leipzig an mich geschrieben. Es gibt gar keine unverschämtere und stupidere Bande in Deutschland als diese Antisemiten. Ich habe ihm brieflich zum Danke einen ordentlichen Fußtritt versetzt.«

Als die *Protokolle* im Zarenreich erfunden wurden, litten die Juden unter zahlreichen Pogromen. Die Verschwörungstheorie über die Juden befeuerte den Antisemitismus noch mehr. Nach der Oktober-Revolution 1917 kam ein neuer Aufschwung und ab den 20er Jahren dienten die *Protokolle der Weisen von Zion* den Nazis als willkommene Bestätigung für ihren Judenhass (obwohl sie Joseph Goebbels 1924 noch als Fälschung bezeichnete). Die Mörder des deutschen Außenministers Walther Rathenau hielten ihr Opfer für einen der 300 »Weisen«, und damit verantwortlich für die Not der Menschen im Berlin der 20er Jahre. Ihrer Logik entsprechend musste er sterben.

Der antisemitische Auto-Mogul Henry Ford druckte die *Protokolle* als Serie in seiner Zeitung *The Dearborn Independent*. Sein später dazu erschienenes Buch *The Independent Jew* wurde in sechzehn Sprachen übersetzt. Ein großes Porträt von Henry Ford hing über dem Schreibtisch von Adolf Hitler in der Münchner NSDAP-Zentrale. Die Staatsgründung von Israel im Jahre 1948 wurde – und wird – weltweit von den Anhängern der *Protokolle* als weiterer Beweis für die finstere Macht der Juden angesehen. Sogar in Japan grassiert der Antisemitismus – befeuert durch die *Protokolle*. Über Sibirien gelangte die Verschwörungstheorie durch japanische Soldaten nach Tokyo, wo es 1924 zur ersten Übersetzung kam: *Shion kenja no giteisho*. 1973 eröffnete die PLO ein Büro in Tokyo, das den israelbezogenen Antisemitismus verbreitete. Eine Untersuchung der Tel Aviv University von 1994 stellte fest, dass Japan »seit etwa zehn Jahren auch ein großer Lieferant und Absatzmarkt für antisemitisches Schrifttum« sei. Die *Protokolle* erzielten in Japan in den 80er Jahren eine Millionenauflage.

Mit aller Ernsthaftigkeit wird Juden die Schuld an der Natur- und Nuklear-Katastrophe von Fukushima gegeben, ebenso am Tsunami 2006 (Atombombenversuch). Auch die Terrorattacke »9/11« war eine jüdische Verschwörung, schon daran erkennbar, da die Piloten der Flugzeuge noch am Leben seien. Die große Zuckerknappheit in Ägypten: die Juden. Die Explosion am Hafen von Beirut 2020: Bomben und Torpedos der Juden. Bis heute propagiert die Terrororganisation *Hamas*, die den Gazastreifen diktatorisch beherrscht, dass die *Protokolle der Weisen von Zion* das schriftliche Dokument aus jüdischer Hand sind, die Weltherrschaft erstreben zu wollen. Die ersten U-Bahn-Bauten wurden weltweit behindert, da es einflussreiche Verschwörungstheoretiker gab, die behaupteten, die Juden stecken dahinter, um besser ganze Städte in die Luft sprengen zu können.

Der grausige Höhepunkt aller Hetzkampagnen aber ist, dass der Antisemitismus von den Juden selbst erschaffen worden sei, um besser in die Opferrolle schlüpfen zu können. Genau das behauptet heute noch der iranische Präsident, wenn es sein muss, sogar in einer Rede im Herbst 2022 vor der UNO. Hinter dem Satz des russischen Außenministers Lawrow: »Adolf Hitler hatte auch jüdisches Blut.« (2022) steht derselbe Gedanke.

Putin hat mit den Machenschaften der russischen Geheimdienste in der Zeit der letzten Zaren nichts zu tun. Er ist auch nicht dafür verantwortlich. Dennoch ist auch er ein Kind der Geheimdienste und weiß genau, welche mörderischen Folgen die erfundenen *Protokolle der Weisen von Zion* immer noch haben. Er könnte sie bremsen.

2003 hielt der CDU-Bundestagsabgeordnete Martin Hohmann in Fulda eine Rede zum Nationalfeiertag. Er wurde daraufhin zwar von der Partei ausgeschlossen, aber tauchte kurze Zeit später bei der AfD wieder auf. Bezogen auf die Revolution in Russland und die folgenden Revolutionen nach 1918 sagte er: »Mit einer gewissen Berechtigung könnte man im Hinblick auf die Millionen Toten dieser ersten Revolutionsphase nach der Täterschaft der Juden fragen. Juden waren in großer Anzahl sowohl in der Führungsebene als auch bei den Tscheka-Erschießungskommandos aktiv. Daher könnte man Juden mit einiger Berechtigung als Tätervolk bezeichnen. Das mag erschreckend klingen. Es würde aber der gleichen Logik folgen, mit der man Deutsche als Tätervolk bezeichnet.«

Was bei uns als Hinterbänklergerede abgetan wird, hat in anderen Ländern reale Folgen. Juden, Israelis gleichgesetzt, werden beschimpft, bespuckt, überfallen, verletzt und ermordet. Eine Entspannung, vor allem in vielen der arabischen Länder, ist nicht in Sicht.

Im Jahr 2018 gibt Putin dem US-Fernsehsender NBC ein Interview. Es geht um die russische Einmischung in die Wahl von Donald Trump zum Präsidenten. 13 Russen und drei russische Firmen stehen deswegen in den USA vor Gericht.

Putins Antwort: Er hat nichts damit zu tun, vielleicht waren es »Ukrainer, Tataren oder Juden, nur mit russischer Staatsbürgerschaft«. Die *Protokolle* leben – leider.

Waffen an Kiew:
Ja oder nein?

Apropos

Kurt Tucholsky: »Es gibt nur eine Sorte Pazifismus: Den, der den Krieg mit allen Mitteln bekämpft. Ich sage: mit allen, wobei also die ungesetzlichen eingeschlossen sind.«

Eine einsame Erinnerung

In all den Diskussionen und offenen Briefen über und an die Bundesregierung, blitzt in den sozialen Netzwerken ab und zu eine kleine Erinnerung auf, die nur aus einem einzigen Satz besteht:

»Wieviel Leid könnte vermieden werden, wenn Russland sofort kapituliert.«

Erster Fehler: Wann begann es?

»Der Krieg in der Ukraine begann mit dem Einmarsch russischer Truppen am 24. Februar 2022.« Dieser Gemeinplatz wird so schnell nicht wieder aus den Geschichtsbüchern zu tilgen sein. Obwohl es falsch ist. Denn der Krieg begann bereits acht Jahre vorher, als Russland den russisch-ukrainischen Freundschaftsvertrag aus dem Jahr 1997 einseitig brach und sich militärisch die Krim und riesige Landesteile im Osten der Ukraine einverleibte. Im Westen sagte man dazu gerne *Konflikt* oder *Bürgerkrieg*, oder einfach gar nichts. Damit folgte man brav der Propaganda Putins. Erst als Putin im Februar 2022 den Einmarsch mit 150.000 Soldaten in die Ukraine »Spezial-Operation« nannte, spielten wir nicht mehr mit. Zu verlogen war das Wort.

Stellen Sie sich einfach vor, Frankreichs Militär besetzt den Schwarzwald, erklärt den Ministerpräsidenten Kretschmann von Baden-Württemberg zum Nazi, obwohl er früher Maoist war und Mitglied im kommunistischen Bund, und baut das Zentrum der KSK (Kommando Spezialkräfte) in Calw um in ein Foltergefängnis. Die Grenzen zur Pfalz, nach Hessen und nach Bayern werden vermint. Wie nennen wir das dann?

»Shopping-Handikap«?

Weil wir das Outlet in Metzingen nicht mehr anfahren können?

Es heißt Krieg.

Zweiter Fehler: Wie viele Kriege gab es?

»Dieser Krieg ist der erste in Europa seit 1945.« So schön das Märchen von 77 Jahren Frieden in Europa ist, es ist falsch. Der Geschichtsunterricht hat bei unseren Demoskop*innen und Zeitgeschichtler*innen offensichtlich große Lücken gelassen. Ein kurzer Blick in die Jahrbücher Europas zeigt die Kriege innerhalb der europäischen Grenze, nicht einmal die Auslandseinsätze wie zum Beispiel den Krieg um die Falkland-Inseln im Frühjahr 1982:

Zypern 1974
Slowenien 1991
Kroatien 1991-95
Moldau 1992
Bosnien 1992 bis 1995
Tschetschenien seit 1994 mehrfach
Kosovo 1998-99
Nordmazedonien 2001
Georgien 2008
und seit 2014 in der Ukraine

P.S.: Nicht erwähnt sind hier kriegsähnliche oder kriegsnahe Ereignisse wie die Stationierung von NATO-Truppen in Island, der Abschuss einer israelischen Passagiermaschine in Bulgarien durch bulgarisch-sowjetisches Militär (1950), der griechische Bürgerkrieg (beendet erst 1949), der Abschuss schwedischer Militärflugzeuge durch die Sowjetunion (1952), der Abschuss zweier amerikanischer Militärflugzeuge durch die Sowjetunion (1954), dazu etliche bürgerkriegsähnliche Konflikte.

Krieg: Was meine Familie dazu sagt

Krieg war für meine Eltern eine konkrete Erfahrung. Sie haben ihn erlebt. Tägliche Angst, Bomben, Zerstörung, Propaganda, Bedrohung, Flucht, Besatzung, Ströme von Tränen, und Tod. Für beide war damit klar: Nein zu jedem Krieg. Wo und wann und wer gegen wen spielte dabei keine Rolle. Wenn ich mit meinen Spielzeugsoldaten im Kinderzimmer in die Schlachten zog, war das nicht gern gesehen, für Jagdbomber und Schützenpanzer in Kinderhänden hatten sie kein Verständnis. Doch ihre Haltung war nicht klassisch pazifistisch. Wehrhaft sollte man sein. Bereit, die Demokratie, die Freiheit und auch den Wohlstand zu verteidigen gegen die Feinde. Ja, notfalls auch mit Waffen.

Ich kenne auch keine Tradition vom Soldatsein. In väterlicher Linie war kein Vorfahre in den letzten zehn Generationen jemals in den Krieg gezogen. Das war sicher nicht immer einfach, gemessen an der Zahl der Gemetzel in den letzten Jahrhunderten. Nur mein Großvater wurde im Alter von sechzehn Jahren in den Ersten Weltkrieg gezwungen. Vor dem sicheren »Heldentod« rettete ihn die damalige Pandemie, die Spanische Grippe. Er überlebte. Und war für immer geheilt von jeglicher Kriegsbegeisterung. Bei seiner Beerdigung, die ich nur vom Auto aus miterleben durfte, weil wir Kinder zu viel Quatsch machten, wurde nach seinem letzten Willen gespielt: »… alle Menschen werden Brüder«. In Beethovens Version von Schillers Gedicht *An die Freude* aus dem Jahr 1785. Beethovens Melodie wurde 1972 zur Europahymne erhoben und wenige Tage nach Putins Einmarsch vom Symphonieorchester der Ukraine am Maidanplatz in Kiew gespielt. Das hieß: Schaut her, wir sind Europa.

Meine Eltern waren Kinder, als der Zweite Weltkrieg im Mai 1945 zu Ende ging. Meine Mama war sieben, mein Vater zehn Jahre alt. Und beide haben viel über sich und ihre Geschichte erzählt, auch von den Freunden und Verwandten.

Heute noch holen mich ihre traurigen Geschichten ein. Wenn ich in Syrien, im Norden von Aleppo, an die Kinder unsere Hilfsgüter verteilte, und die Siebenjährigen unter ihnen schon als »die Großen« wirkten, die behütend ihre kleinen Geschwister fest an der Hand hielten, um gemeinsam ein bisschen Milchpulver, Brot oder Kuscheltiere von einem Fremden zu erbetteln. Da dachte ich oft an meine Mama, wie sie mitten in den Bombennächten ihre kleine Schwester aus dem Bettchen holte und auf ihren Kinderarmen in den Luftschutzkeller trug. Im verdunkelten Treppenhaus hinter meiner Großmutter her tapsend, die die beiden anderen Geschwister an der Hand führte. Manchmal endete die Bombennacht glücklich wieder im dritten Stock im eigenen Kinderbett, manchmal, waren sie verschüttet und stundenlang mit den Toten gesessen.

Beiden Eltern wurde in der Münchner Innenstadt der Lebensmittelpunkt zerstört, die Wohnung, das Kinderzimmer, das Spielzeug. Bis an ihr Lebensende schämte sich meine Mutter, dass sie als Kind bitterlich um ihre Puppe weinte, die im Bombenschutt vergraben lag, anstatt um die toten Freundinnen zu trauern.

Mein Vater, mein Bruder und ich können weder eine Waffe bedienen, noch mit verbundenen Augen sie auseinander und wieder zusammenbauen. Mein Vater gehörte mit Jahrgang 1934 zum sogenannten *Weißen Jahrgang* und wurde nicht mehr zur Bundeswehr verpflichtet. Mein Bruder und ich sind untauglich oder haben den Wehrdienst verweigert. In meinem Beruf als Komödiant und Schauspieler hatte ich oft eine Waffe in der Hand. Ich galt immer als Memme, weil ich Angst davor hatte. Ich erschrak beim Abzug schon allein über die unfassbare Lautstärke der Dinger. Die Revolver, Pistolen und Gewehre konnten keine Schüsse mehr abgeben, aber ich ließ mir vor jedem Dreh das Schießgerät von dem zuständigen Experten vorführen. Das hält die Dreharbeiten auf und nervt die anderen. Bin ich Pazifist? Nein, ich habe einfach Angst, wenn geschossen wird.

Als ich während des Syrienkrieges im Libanon oft alleine unterwegs war, fragten die Spender hinterher nach pressetauglichen Fotos: Springer übergibt Hilfsgüter. Diese Fotos gab es nicht. Auf den Bildern, die ich machte, war ich nicht drauf. Also engagierte ich in Beirut eines Tages eine gute Bekannte, eine Amerikanerin, deren Job es war, gute Fotos zu machen, denn sie war Kriegsreporterin.

Mein Hintergedanke war aber noch ein ganz anderer. Nach meinen Kabarettauftritten in der Provinz kam ich meistens sehr spät heim, um dann nach höchstens drei Stunden Schlaf in das Flugzeug nach Beirut zu steigen. Völlig übermüdet landete ich in der libanesischen Hauptstadt, um gleich wieder mit dem Auto loszufahren, zu den syrischen Flüchtlingen. Der Sekundenschlaf summierte sich und ich brauchte jemanden, der mich fährt. Die Kriegsreporterin war begeistert: »Ich bin ewig nicht Auto gefahren. I will drive you.« Wir fuhren zu unseren Schützlingen und sie schoss die tollen Fotos, die alle haben wollten: Springer bei Übergabe von Hilfsgütern.

Auf der Rückfahrt von der syrisch-libanesischen Grenze nach Beirut schlief ich am Beifahrersitz erschöpft ein. Plötzlich schreckte ich hoch. Unser geliehenes Auto stand auf einer menschenleeren Straße in Tripoli, der zweitgrößten Stadt des Libanon. Die Fahrertür stand offen, meine Fotografin war weg. Dann knallten Schüsse. Es hörte nicht mehr auf. Heftige Kämpfe tobten zwischen den verfeindeten Assad-treuen und Assad-feindlichen Gruppen.

Meine Fahrerin ging ihrem eigentlichen Job nach und fotografierte, in aller Seelenruhe. Ich schlief ja. Eine Pinkelpause auf der Autobahn hätte ihr mehr Stress verursacht als die heftigen Straßenkämpfe. Weit hinter uns hatte das libanesische Militär längst den Verkehr von der Schnellstraße umgelenkt auf eine Umfahrung durch die engen Häuserschluchten. Aber hier lief die Show. Sie konnte ihre Fotos machen. Und ich rief den dümmsten Satz meines Lebens zur offenen Fahrertür hinaus: »Excuse me. Brauchst Du noch lange?«

Sie stieg ein, fuhr einen perfekten Rückwärtssalto mit dem Auto, sah mich dann ernst an, und sagte: »Warst Du beunruhigt? Das war doch wirklich weit weg.«
Wir kamen gesund in Beirut an.

Aber ich hasse den Krieg.

Apropos

Kurt Tucholsky: »Also darf man an Pazifisten keine Kritik üben? O doch, es kommt nur darauf an, wo man es tut.«

Wie lange dauert Krieg?

Ein Krieg dauert ab dem ersten Tag an bereits zu lange. Und ein Krieg hat ein ehernes Gesetz: Er dauert immer länger als man glaubt.

Wie absurd, Kriege nach ihrer Länge zu benennen, der Hundertjährige Krieg, der Dreißigjährige Krieg, der Sechs-Tage-Krieg. Man hat sie auch nummeriert: Der 1. Weltkrieg, der 2. Weltkrieg, und nun der …, vor dem sich alle fürchten. Als man 1918 noch nicht wusste, dass nach gut zwanzig Jahren schon der Zweite Weltkrieg folgen sollte, sprachen die Menschen vom »Großen Krieg«, »La Grande Guerre« in Frankreich.

Der Schlachtruf der deutschen Soldaten im August 1914: »Weihnachten in Paris« war im November 1918 einem »Nie mehr wieder« gewichen. Deutschland hat den Krieg angezettelt, und ihn verloren. Nach vier Jahren Krieg war der größte Teil Deutschlands nicht von fremden Heeren besetzt und die Städte waren halbwegs intakt, aber Millionen Menschenleben waren vernichtet. Und Entschädigungen wurden ausgehandelt: Reparationen.

Wie lange dauert Krieg? Nun, solange, bis der letzte Punkt der Kapitulationsbedingungen erfüllt ist. Das heißt in diesem Falle, bis die letzte Rate bezahlt ist.

Die letzte Rate, die für den Ersten Weltkrieg fällig war (ca. 200 Millionen Euro), bezahlte Deutschland am 3. Oktober 2010. Nach 92 Jahren.

So lange dauert Krieg.

P.S.: Das war nur die finanzielle Seite. Dann gibt es noch die Menschen. Meine Mama saß im Zweiten Weltkrieg als kleines Mädchen im sogenannten Luftschutzkeller, als oben die Bomben auf die Wohnblöcke prasselten. Aus dem Mädchen ist eine tapfere Frau geworden, die auch großen Spaß im Leben haben konnte. Aber die Todesangst vor dunklen oder engen Räumen, aus denen es womöglich keinen Ausweg gab, ist geblieben. Bis zu ihrem letzten Atemzug. Das galt auch für Tunnels und Aufzüge. U-Bahn? Lieber oberirdisch mit der Trambahn. Felbertauern? Lieber über den Pass in stundenlanger Kurvenfahrt. Mit dem Aufzug in den fünften Stock? Lieber das Treppenhaus.

Tausendfach funktionierte ihr Plan nicht. Und dann stand oder saß sie da und kämpfte sich noch als Großmutter durch ihre Angst aus dem Jahr 1944.

So lange dauert Krieg: Generationen.

Apropos

Ich wollte in Libyen an den Strand. »Danger! Mines!«, stand auf einem Schild. Im Zweiten Weltkrieg verlegt, waren sie sechzig Jahre später immer noch tödlich. Die DDR verlegte an der innerdeutschen Grenze eineinhalb Millionen Minen, in Ägypten liegen noch 17 Millionen vergessene Landminen und verhindern für Jahrzehnte die Erschließung riesiger Rohstoffgebiete. Aktuell sind 110 Millionen weltweit verlegt. Die Herstellung einer Mine kostet drei Dollar, die Bergung 1.000 USD. In den Beständen von Russland befinden sich über 26 Millionen Minen, zehnmal soviel wie in den USA. Annalena Baerbock, Außenministerin, besucht im Herbst 2022 wieder einmal die Ukraine und verspricht Hilfe bei der Räumung russischer Minen. Sie können noch in 100 Jahren töten.

Im Namen von Jesus Christus

Die Musicals *Das Phantom der Oper* und *Cats* stammen aus der Feder des Komponisten Andrew Lloyd Webber. Am Beginn seiner Superkarriere stand aber ein religiöser Stoff: *Jesus Christ Superstar* (1970). Es durfte sogar im Vatikan aufgeführt werden und ein Song schaffte es in das Kirchen-Gesangbuch *Gotteslob*. Über 45 Jahre hat es gedauert, bis es in Russland aufgeführt werden durfte. Begleitet von Erklärungen und dem Hinweis, dass durch das Stück schon viele Menschen zum Christenglauben gefunden hätten.

Auch zum jetzigen Krieg haben beide christliche Gemeinschaften unterschiedliche Ansichten. In der Generalaudienz am 24. August 2022 empfing Papst Franziskus ukrainische Flüchtlingsfamilien und rief dazu auf, »vom Herrn den Frieden zu erbitten für das geliebte ukrainische Volk, das heute seit genau sechs Monaten die Schrecken des Krieges erleidet. Die Unschuldigen bezahlen den Krieg! Der Krieg ist ein Wahnsinn. Und jene, die am Krieg und am Waffenhandel verdienen, sind Verbrecher, die die Menschheit töten.« Patriarch Kyrill I., Besitzer eines Privatvermögens von vier Milliarden Euro, kommentierte den Krieg aus russisch-orthodoxer Sicht: »Viele lehnen sich heute gegen unser Vaterland auf; aber wir wissen, dass das Vaterland niemandem etwas Böses angetan hat«. Der Militärdienst sei eine »Manifestation der Nächstenliebe« und »Beispiel für die Treue zu den hohen moralischen Idealen der Wahrheit und Güte«. Kyrills Luxus-Armbanduhren wurden vor der Veröffentlichung auf den Fotos wegretouchiert.

Schon bei den Vorbereitungen des Einmarsches hat sich Putin eng mit der russisch-orthodoxen Kirche verbandelt. Kyrill I. hat Putins Kriegsgrund »NATO-Bedrohung« noch einen menschlichen hinzugefügt: Die Sünde. »Wenn die Menschheit akzeptiert, dass Sünde kein Verstoß gegen Gottes Gesetz ist, wenn die Menschheit akzeptiert, dass Sünde eine Variation des menschlichen Verhaltens ist, dann wird die menschliche Zivilisation dort enden.« Die Sünde, die Kyrill meint, ist aber weder Folter, Gier, Mord, illegale Bereicherung oder Unterdrückung von Meinung oder Kunst, sondern schlichtweg: Homosexualität. Er predigt: »Pride-Paraden sollen zeigen, dass Sünde (nur) eine Variante des menschlichen Verhaltens ist. Deshalb muss man, um dem Club dieser Länder beizutreten, eine Gay-Pride-Parade veranstalten.« Klarer als das Kirchenoberhaupt kann man es nicht ausdrücken: Der Krieg Putins ist auch ein Krieg gegen Schwule. Zu dieser Abwegigkeit gesellen sich noch weitere religiöse Legenden. Die *Komsomolskaja Prawda* meldet ein »Blutwunder« in der Hauptkirche der russischen Armee. Bei der Ikone, aus der heiliges Blut austreten soll, handelt es sich allerdings um kein ehrwürdiges Stück uralter Kirchenkunst, sondern um einen Billigdruck. Und als es im April 2022 den ukrainischen Truppen gelang, das Flaggschiff der russischen Schwarzmeerflotte zu versenken, war dies kein Beweis für die militärische Schwäche Russlands, sondern ein Beleg für die abartige Gottlosigkeit der Ukrainer. An Bord der untergegangenen »Moskwa« befand sich angeblich ein Stück Holz vom Kreuz Christi, das in der Schiffskapelle aufbewahrt wurde. Weltweit gibt es so viele dieser Kreuz-Reliquien, dass man kilometerlange Lärmschutzwände damit aufbauen könnte, nun liegt es am Meeresgrund. Womöglich findet Kyrill ja noch ein *Sanctum Praeputium*, eine Vorhaut Jesu. Von der existieren weltweit nur 13 Stück. Aber eine vierzehnte könnte den Sieg bringen …

Haben wir was für Krieg?

Flugzeuge, die nicht fliegen, Gewehre, die nicht schießen, U-Boote, die nicht tauchen können, und Soldaten ohne Winterkleidung. Das armselige Bild der Bundeswehr taugte viel für Kabarett und Satire, aber nicht für den Kampfeinsatz. Gleichzeitig erschüttern immer wieder rechtsradikale Seilschaften oder das Verschwinden von Waffen bei der Bundeswehr den Rückhalt in der Bevölkerung.

Noch heute packt einen das Grauen, wenn man an die Fotos aus Afghanistan denkt, auf denen zu sehen ist, wie ein deutscher Stabsoffizier und seine Leute mit Totenschädeln posieren, dabei den eigenen Penis in der Hand. Immerhin waren mindestens ein Dutzend Soldaten daran beteiligt. Dennoch gibt es auch die anderen: deutsche Soldaten, die skandalfrei ihr Leben aufs Spiel setzen – und ihre psychische Gesundheit.

Doch plötzlich taucht jemand aus der europäischen Nachbarschaft auf und sagt: »Wir sind überfallen worden und brauchen Eure Unterstützung. Waffen und Ausbildung.« Erst kam die Schockstarre, dann die Fragen:

Woher nehmen?

Was sagt der Bürger?

Der Bürger konnte erstmal gar nichts sagen, denn ihm blieb die Spucke weg. Drei Tage nach dem Einmarsch in die Ukraine hat Bundeskanzler Olaf Scholz bei einer Sondersitzung des Bundestags angekündigt, ein Sondervermögen von 100 Milliarden Euro für die Bundeswehr zur Verfügung zu stellen. 100 Milliarden ist viel in einem Land, in dem die Digitalisierung schleppender läuft als in der

Mongolei, in dem die Brücken bröseln, die Krankenhäuser hecheln, die Gehälter in sozialen Bereichen unterirdisches Niveau haben und hinten und vorne Lehrer fehlen.

Schon der Begriff »Sondervermögen« ist falsch. Denn von Vermögen kann keine Rede sein, da es sich um pure Schulden handelt. »Zusatzschulden« wäre ein passenderer Begriff. »Das Ziel ist eine leistungsfähige, hochmoderne, fortschrittliche Bundeswehr, die uns zuverlässig schützt.«, sagte Scholz in seiner Rede. Für den Batzen Geld benötigte man eine Grundgesetzänderung, für die der Bundestag am 3. Juni 2022 problemlos die nötigen Stimmen erreichte. Zwei Drittel der Stimmen wären nötig gewesen, aber über hundert Abgeordnete stimmten darüber hinaus für die Änderung. Somit wird die Bundeswehr aufgemöbelt für die Zukunft.

Aber was bedeutet das für die Ukraine? Jetzt? Sofort? Deutschland verweigert sich nicht, sondern liefert. Auch Kriegsmaterial, unter anderem Panzer-Haubitzen. Das ist ein mords Kriegsgerät. Dummerweise ist etwas passiert, womit man in Deutschland offensichtlich nicht gerechnet hatte: sie wurden eingesetzt. Die ukrainischen Streitkräfte ballerten damit, was das Zeug hält, um sich und ihr Land zu verteidigen. Doch schon wenige Wochen später war es soweit: Von fünfzehn gelieferten Haubitzen gaben zehn ihren Geist auf. Die Experten analysierten den Grund, es war die »massive Nutzung«. Das ist Realsatire. Aber es kommt noch schlimmer.

Die Ersatzteile, die man nun dringend braucht, könnten von den deutschen Haubitzen-Spezialisten eingebaut werden. Aber das dürfen sie nicht. Eine Reparatur durch deutsche Techniker in der Ukraine wäre bereits die direkte

Kriegsbeteiligung Deutschlands. Mit Deutschland traut sich schon niemand mehr den »Ringtausch« zu machen, weil die Nachbarländer alle Angst haben, nur Schrott von uns zu erhalten. Zur Erinnerung: Ringtausch. Polen liefert Militärgut an die Ukraine, dafür liefern wir wiederum an Polen. Damit kann niemand sagen, wir hätten was mit der Aufrüstung der Ukraine am Hut. Aus lauter Verzweiflung hat Polen nun 1.000 Panzer in Nordkorea bestellt. Von 1.000 Panzern, die womöglich auch noch funktionieren, können die deutschen Generäle nur träumen.

Aber sind wir tatsächlich solche Schlurfis, wenn's ums Schießen geht? Anscheinend nicht. Derzeit sind 3.700 deutsche Soldaten im Auslandseinsatz. Und die Zeiten haben sich geändert. In den dreißig Jahren zwischen 1959 und 1989 waren die Einsätze der Bundeswehr ausnahmslos humanitär, Katastrophenhilfe und Sanitätsdienst. Inzwischen gibt es viele Tote bei Kampfeinsätzen zu beklagen. Auch im Waffenhandel liegen wir weit vorne, 1.500 Waffen-Betriebe gibt es, in denen über 35.000 Menschen arbeiten. Ägypten ist derzeit unser Lieblingskunde für schweres Gerät. Vier Milliarden Euro flossen durch den Verkauf von Kriegsgerät an den Nil auf deutsche Konten.

Wir haben also durchaus etwas anzubieten, was die Ukraine in diesen Zeiten gut gebrauchen könnte. Die Bestellung des Präsidenten Selenskyj ist jetzt schon der Satz des Krieges: »I need ammunition, not a ride.« (Ich brauche Munition, keine Mitfahrgelegenheit). Das war seine Antwort auf das amerikanische Angebot, ihn in Sicherheit zu bringen.

Für uns alle, die den Frieden lieben, ist es eine bittere Erkenntnis, dass Solidarität im Krieg mehr bedeutet als Freundschaftsbekundungen am Telefon. Oder eine Bestellung des »Blondie & Brownie Herren Selenskyj Ukraine Army«-T-Shirts, das der Präsident als Markenzeichen trägt, und für 14,80 € versandkostenfrei geliefert wird, auch in XXL.

Sollte man nicht langsam der grausamen Realität ins Auge sehen und bekennen: Wer für 4 Milliarden Euro Waffen nach Kairo schicken kann, kann auch Kiew beliefern.

Apropos

Bertolt Brecht:
»Wer zu Hause bleibt, wenn der Kampf beginnt
Und lässt andere kämpfen für seine Sache
Der muss sich vorsehen: Denn
Wer den Kampf nicht geteilt hat
Der wird teilen die Niederlage.
Nicht einmal den Kampf vermeidet
Wer den Kampf vermeiden will: Denn
Es wird kämpfen für die Sache des Feinds
Wer für seine eigene Sache nicht gekämpft hat.

Was meinen die Experten?

Wenn der Zahn schmerzt, wird üblicherweise der Zahnarzt zu Rate gezogen. Wer seine Kinder ins Schwimmbad schickt, geht davon aus, dass der Bademeister schwimmen kann. Wie gut, dass wir Leute haben, die sich in ihrem Gebiet gut auskennen. Aber was tun, wenn es um Krieg geht? Da haben wir Fachkräftemangel. Selten sitzen Militärfachleute, Genozid-Forscher oder auch nur Spezialisten am Tisch, die die sowjetische/russische Militärpolitik in- und auswendig kennen.

Im deutschen Fernsehen sitzt Precht. Richard David Precht aus Solingen ist Philosoph und damit in den deutschen Medien der ideale Vertreter des Landes der Dichter und Denker. Außenstehende mögen denken, Deutschland hätte nur einen einzigen Philosophen. Weit gefehlt. Es gibt Dutzende, die auch was zu sagen hätten. Aber zwei Punkte sind für sie hinderlich, was Fernsehauftritte angeht. Erstens haben sich die meisten Philosophen spezialisiert. Aber Precht sagt zu allem etwas: Migration, Wirtschaftspolitik, Tempo-Limit, Ernährung, GRÜNE, SPD und LINKE, Sterbehilfe, Tiere, EU, Frauen, Trump, Rom, Schule, Grundeinkommen und wenn Sie nachts mit dem Auto eine Panne haben, rufen Sie bitte nicht den ADAC, sondern Precht. Der weiß Bescheid. Und erzählt Ihnen dabei noch etwas über die Rolle des Asphalthandels bei der Bodenversiegelung im 20. Jahrhundert. Ein zweiter Grund, der für sein Talkshow-Monopol spricht, ist die Optik. Die einen nennen ihn aufgrund seines wallenden Haares die Heidi Klum der Philosophie, die anderen einen »prechtigen« Dürer-Jesus. Dazu weiße Turnschuhe, in denen blitzsaubere Füßlinge stecken. Das ist hip und gefällt auch der Oma. Das Problem: Je mehr er über alle Belange dieser Welt redet, umso mehr Fehler schleichen sich ein. Fatal für die Ukraine. Precht behauptet, er hätte Beweise, dass die Mehrheit der deutschen Bevölkerung einen Stopp der Waffenlieferungen bejahen würde. Er hat auch einen freundschaftlichen Rat für die Ukraine parat: »Natürlich hat die Ukraine ein Recht auf Selbstverteidigung, aber auch die Pflicht zur Klugheit, einzusehen, wann man sich ergeben muss.«

Auch Experten liegen mal falsch. So sagte der Vorsitzende aller US-Stabschefs, Mark Milley, kurz vor dem Einmarsch Putins: »Sollte Russland angreifen, wird Kiew innerhalb von 72 Stunden fallen.« Es sind nun viele Monate vergangen, Vitali Klitschko ist immer noch Bürgermeister von Kiew.

Und will es bleiben. Von »ergeben« keine Spur.

Der Philosoph und Vorstand der Giordano-Bruno-Stiftung Schmidt-Salomon äußert sich im Gegensatz zu Precht nicht zu allem, aber zu humanistischen Themen umso klarer: »Es wäre an der Zeit, dass sich das russische Volk gegen diesen größenwahnsinnigen Diktator und seinen erzreaktionären Hofprediger auflehnt.« Gunnar Heinsohn, der einen Lehrstuhl für Kriegsdemographie am NATO Defense College in Rom innehatte, erklärt uns, warum die Ukraine nicht kampflos aufgeben kann: »Die Ehrung einer russischen Einsatzgruppe von Butscha durch den (russischen) Präsidenten zeigt, dass die Tötungen nicht nur vorbereitet wurden, also ein Genozid sind, sondern auch weitergehen sollen. Die Ukrainer wissen mithin, was ihnen bei einer Niederlage bevorstehen würde.« Analysen wie hier sind sonst nicht Gunnar Heinsohns Sache, er wird zu den konservativen Hardlinern gezählt, den auch mal die AfD gerne zitiert.

Der Philosoph Peter Sloterdijk ruft dazu auf, Putin so scheitern zu lassen, »dass wir nicht mit ihm untergehen.« Im Interview mit dem *FOCUS* analysiert er Putins Verhalten: »Er fabuliert sich eine Historie zusammen, ganz in einem Modus, wie es halbgebildete Personen, die zufällig an die Macht gekommen sind, zu tun pflegen. Seine Reflexionen stehen auf dem Niveau der rabulistischen Tischgespräche Hitlers. (...) »Er wacht am Morgen auf und sieht Russland eingekreist.«

Wer tot ist, kann nicht in Talk-Shows eingeladen werden. Das ist schade, denn der französische Diplomat Talleyrand könnte auch Hörenswertes dazu beitragen. Er warnte schon zur Zeit der Französischen Revolution: »Nichtintervention ist das gleiche wie Intervention.«

Und es gibt noch einen deutschen Philosophen, der sich zu Wort gemeldet hat. Wilhelm Schmid ist Spezialist für *Lebenskunstphilosophie*, was man nicht sofort mit dem Aufmarsch von Truppen in Verbindung bringt. Dennoch ist er tief eingetaucht in Putins Welt und hat Lesenswertes zu Tage gebracht: »Es wäre besser gewesen, die Dissertation von Putin zu lesen, die er 1997 abgegeben hat, um zu promovieren. In der schreibt er nämlich über die Machtmittel, die Russland hat und stellt fest, dass die fossilen Energien dieses Machtmittel Russlands sind, um seine Interessen durchzusetzen. Warum haben wir das im Westen nicht ernst genommen?« Als Wilhelm Schmid in den 90er Jahren seine Vortragsreisen macht, begegnet er einem Kollegen der Moskauer Akademie der Wissenschaften, Valery Podoroga, der über das gerade unabhängige Lettland sagt: »Wir warten nur darauf, dass der lettische Schinken wieder fett wird, und dann holen wir uns den wieder.«

Wir kommen, Euch zu befreien

Ein Krieg ist böse. Wer einen anfangen will, braucht gute Gründe. Am besten edle. Und was ist edler als die Befreiung der Freunde. Der Einmarsch als Rettungstat!

»Wir überschreiten die Grenzen unseres Gebiets und betreten ein fremdes, nicht als Feinde, sondern als Befreier. Ausziehend zum Kampf um unsere Unabhängigkeit, wollen wir nicht ein Nachbarvolk unterdrücken, das mit uns dieselbe Sprache redet, denselben Glauben bekennt, öfters ehedem seine Truppen mit den unsrigen siegreich fechten ließ, denselben Hass gegen fremde Unterdrückung fühlt und das nur durch die von Arglist irre geleitete Politik seines Landesherrn bis jetzt verhindert ward, die Waffen gegen die Schergen fremder Tyrannei zu kehren.«

Diese Zeilen sind nicht einer Ansprache von Putin an die Bewohner des Donbass entnommen. Das Gelaber von der Befreiung ist ein Zitat aus einem Flugblatt vom 23. März 1813. Geschrieben von dem spielsüchtigen Generalfeldmarschall Gebhard Leberecht von Blücher anlässlich der Befreiungskriege gegen Napoleon. Man nannte ihn »Marschall Pascholl«. Das ist Russisch, denn Blücher befehligte russische Truppen, darunter die gefürchteten Kosaken auf ihren kleinen Pferden. Ins Deutsche übersetzt blieb ihm der Name »Marschall Vorwärts«.

Diesem Beispiel der brüderlichen »Rettung« als Ausrede, um fürchterliche Gemetzel anzurichten, könnten noch sehr viele angefügt werden. Aus allen Epochen und allen Erdteilen. Derzeit in der Ukraine.

Bomben auf Einkaufszentrum

Krementschuk. Über dieser ukrainischen Stadt stand im Juni 2022 ein riesiger Feuerball, ein russischer Raketenangriff hatte das örtliche Einkaufszentrum komplett zerstört. Schnell werden 18 Tote gezählt. Hunderte werden im Inneren befürchtet. Durch die täglichen Angriffe waren viele Geschäfte in der Stadt geschlossen, auch das Einkaufszentrum. Doch zwei Tage vor der Bombardierung hatte es wieder aufgemacht. »Die Leute sind es schon leid, sich jedes Mal zu verstecken, deshalb suchen nicht mehr alle die Schutzbunker auf. Das geht ja schon fünf Monate so. Und dreimal pro Nacht aufstehen und in den Bunker gehen, das schafft man auf Dauer nicht.«, erklärte die Journalistin Olha M. aus Krementschuk.

Die Videos, die Passanten gemacht haben, erreichen auch Russland. Ein Dementi aus dem Kreml reichte nicht mehr. Außenminister Lawrow musste erklären, warum man ein Einkaufszentrum bombardiert. Lawrow erläutert seinen Landsleuten, dass man ein Waffenlager mit Kriegsmaterial aus den USA und der EU bombardiert habe. Die »Explosion hat das leerstehende Einkaufszentrum in Brand gesetzt.« Weder leer, noch wahr. Das Einkaufszentrum wurde direkt getroffen, womöglich gezielt. In der Nachbarschaft befinden sich Bus- und Bahnstationen, keine Lager für Waffen.

In einigen deutschen Zeitungen erscheinen Artikel darüber, warum sich über Lawrows Lügen niemand mehr entrüstet. Es hat etwas mit Psychologie zu tun. Je häufiger er lügt, umso mehr gewöhnen wir uns daran. Auch wenn es viele unschuldige Opfer gibt: Er regt uns nicht mehr auf. Lawrows Kriegstaktik geht auf.

Wir sollten uns wieder aufregen.

Die Schlacht der offenen Briefe

Als die Tage der Zögerlichkeit vorbei waren und Deutschland sich entschieden hatte, nicht nur Verbandsmaterial und Helme in die Ukraine zu senden, sondern auch schwere Waffen, begannen gescheite und auch weniger gescheite Leute offene Briefe zu schreiben, auch ich. Denn ich war überrascht, unter welche Pamphlete manche meiner Kollegen ihren Namen setzten.

Ein herausragendes Beispiel war ein offener Brief an Bundeskanzler Olaf Scholz, den die *EMMA*-Herausgeberin Alice Schwarzer initiierte. Bei allem Respekt vor dem Lebenswerk der Feministin für die Rechte der Frauen, sollte man nicht die andere Seite von Alice Schwarzer ausblenden, als sie sich in ihrer Steuerhinterziehungsaffäre als Opfer stilisierte, oder als sie ihr peinliches Buch »Transsexualität« herausgab, das im unverdächtigen Sender *Deutschlandfunk Kultur* diese Kritik erhielt: »Alice Schwarzer macht auf dem Rücken einer der am stärksten diskriminierten Minderheiten unserer Gesellschaft Auflage und Stimmung. Wie unsympathisch. Und wie wenig hilfreich.« Eine Meinung, die die allgemeine Haltung zu ihrer sogenannten »Streitschrift« widerspiegelt. Der deutsche Lesben- und Schwulenverband meint dazu: »Denn in letzter Konsequenz ist das Buch ein Plädoyer dafür, es trans* Menschen so schwer wie möglich zu machen, sie in die Unsichtbarkeit zu drängen und als Problem und ungleichwertig darzustellen. Das ist ein fataler trans*feindlicher Irrweg!«

Das Buch erscheint fast zeitgleich mit dem Einmarsch Putins in die Ukraine. Die Kritiken sind verheerend. Dann kommt der offene Brief an den Kanzler, auf Waffenlieferungen zu verzichten. Die Haltung der Feministin zu Putin war seit 2014 klar, als sie schreib: »Warum ich trotz allem Putin verstehe.« Ein Satz, der letztlich Gewalttätigkeiten gutheißt, ist nicht nur frauenfeindlich, sondern zutiefst menschenfeindlich. War der offene Brief nach der Ablehnung ihres neuesten Buches ein mediales Ablenkungsmanöver? Selbst wenn nicht, wäre mehr Zurückhaltung angebracht gewesen bei den Unterzeichnern. Ich war verblüfft, wer da alles unterschrieben hatte:

Gerhard Polt, die Well-Brüder (Ex-Biermösl Blosn), Reinhard Mey, Edgar Selge, Antje Vollmer, Renate Schmidt, Prof. Nida-Rümelin, Harald Welzer und viele, viele andere. In der Vielzahl der offenen Briefe zu diesem Thema, hätte man bei weit seriöseren Diskussionsbeiträgen um die Waffenlieferungen seine Unterschrift geben können. Ich schrieb, was mir naheliegend schien, an meine bayerischen Kollegen, direkt an Gerhard Polt, Christoph und Michael Well, und machte hinterher den Brief öffentlich:

München, den 3. Mai 2022
Waffen an die Ukraine ja oder nein? – JA!
Offener Brief an meine lieben Kollegen Gerhard Polt und Christoph und Michael Well

Lieber Gerhard, lieber Christoph und Michael,
aus Sorge vor einem Atomkrieg fordert Ihr den Bundeskanzler auf, alle Waffenlieferungen zu stoppen: »Es gilt, einen weltweiten Frieden anzustreben.« Jawoll, da bin ich dabei. Aber leider ist durch Eure Forderung das schöne Ziel nicht zu erreichen.
Erstens: Vor einem Jahr trat der Atomwaffenverbotsvertrag in Kraft. Es wird darin von der Herstellung bis zum

Einsatz von Atomwaffen alles verboten. Auch die Drohung damit. Der erste, der diesen Vertrag bricht, ist Wladimir Putin. Er hat ihn auch nicht unterzeichnet. (Wir übrigens auch nicht). Umso dringender darf ich fragen: Wo war Euer Aufschrei? Wo war da Eure Sorge um die Atomwaffen?

Zweitens: Die Eskalation, die Ihr verhindern wollt, hat längst begonnen. Russische Armeeeinheiten töten gezielt Zivilisten, bombardieren aus perverser Kriegstaktik Krankenhäuser und deportieren x-Tausende von Unschuldigen. Die Qual der Menschen kann nicht größer werden. Jetzt noch von einer zu vermeidenden Eskalationsstufe zu sprechen, ist ein tragischer Irrtum. Kann es sein, dass es in manchen Friedensappellen gar nicht mehr um die Ukraine geht? Sondern nur um uns? Um unsere eigene Angst, bombardiert zu werden? Das ist verständlich. Aber dann sollte man es auch so schreiben: »Wir haben die Hosen voll, lieber Olaf Scholz. Ärgere den Putin nicht.«

Drittens: Der brutale russische Einmarsch wird in Eurem Brief flapsig als »russische Aggression« abgehandelt. Wo ist die Aufforderung zur Deeskalation an die russischen Soldaten? Es wäre so leicht, einen Aufruf in russischer Sprache zu verfassen: »Schießt nicht! Steigt aus Euren Panzern aus! Piloten, werft die Bomben nicht! Soldaten, vergewaltigt die Frauen nicht!« Kann es sein, dass Ihr gar nicht auf die Friedfertigkeit von Putins Armee hofft?

Viertens: Niemand kann ernsthaft glauben, dass die Verweigerung von Waffenlieferungen eine Art Frieden bringt. Ich habe es in Syrien selbst erleben müssen. Die russische Armee hatte absichtlich unsere Hilfeleistungen bombardiert. Das sind Kriegsverbrechen. Zu einer Zeit, als man mit Putin noch überall Bussi-Bussi machte. Aus bitterer Erfahrung weiß ich: Wenn die Waffen endlich schweigen, wird nicht der »nette« russische Bürgermeister regieren. Nach dem letzten Schuss setzt anderer Terror ein: Männer werden verhaftet und gefoltert, Mädchen vergewaltigt. Und zwar nach Plan, zu Dutzenden in Turnhallen oder vor den Augen der Familie im Wohnzimmer. Keine Justiz, keine freie Presse, keine freie Kunst, keine andere Meinung wird es dort geben, wenn sich die Ukraine Putin ausliefert. Das Fehlen von Panzerbeschuss ist KEIN Frieden! Putin braucht kein »Motiv zu gegebenenfalls verbrecherischem Handeln«, wie Ihr es nennt. Er handelt verbrecherisch – auch ohne Motiv.

Fünftens: In ähnlichen Worten wie Ihr hat Mahatma Gandhi einst an die Engländer geschrieben. Er hat sie aufgefordert, sich militärisch zurückzuziehen und nicht gegen Hitler zu kämpfen. Wir kennen das Blutbad dieses Krieges bis zur Kapitulation im Mai 1945. Aber dann begann das, was in das Heute mündete: Demokratie. Meinungsfreiheit. Kunstfreiheit. Wenn Hitler nicht militärisch bekämpft worden wäre, würde es mich mit Sicherheit nicht geben. Mein Papa und meine Mama haben die Amerikaner als Befreier begrüßt. Obwohl diese als feindliche Soldaten mit ihren Bomben die Wohnungen von Papa und Mama zerstört hatten. Meine Eltern haben verstanden, dass der Weg zum Frieden, in dem ich dann aufwachsen durfte, damals mit Waffen erkämpft werden musste. Von alliierten und russischen(!) Soldaten.

Sechstens: Als Mensch und Künstler zu Waffenlieferungen Ja zu sagen, empfinde ich als große Last. Im Laufe des Lebens habe ich allerdings gelernt, dass der Verzicht auf Wehrhaftigkeit keine Friedensgarantie ist.

Wir sind aufgewachsen in einem Bayern, in dem FJ Strauss vor genau 60 Jahren bereit war, den roten Knopf für die Atombombe noch vor den Russen zu drücken. Ekelhaft. Trotzdem: Wir Künstler, Kabarettisten, Christen dürfen FÜR Waffenlieferungen sein UND dabei den Frieden im Sinn haben. So beschissen ist unsere Welt.

Auf geht's! Lasst uns den Ukrainern helfen!
Euer Christian Springer

Eine Antwort habe ich nie erhalten.

Apropos
Viele Menschen eifern Mahatma Gandhi nach. Aber wer genauer hinsieht, erschrickt über seinen Rassismus und seine Frauenfeindlichkeit. Als zwei seiner Anhängerinnen vergewaltigt wurden, ließ er ihnen die Haare kürzen, damit die Männer nicht mehr »gereizt« werden können. Gandhi lebte über zwanzig Jahre in Südafrika und kämpfte für Gleichberechtigung – der Inder. »Die weiße Rasse sollte die überlegenere Rasse in Südafrika sein«, forderte er 1903. Und: »Der Eingeborene hat ein Recht auf faire Behandlung, aber so wie er von Natur aus ist, benötigt er vielleicht eine spezielle Gesetzgebung, die möglicherweise einen restriktiven Charakter hat. Diese kann jedoch nicht für Asiaten gelten.« In Indien forderte er zwar die Vertretung der Dalits, der Unberührbaren, im indischen Parlament, lehnte aber eine Gleichberechtigung der Kasten ab. Zeitlebens schwieg er zum Holocaust. Ein anderes Kaliber sind die Brüder Berrigan aus Virginia. Daniel Berrigan, Jesuit und Pazifist, brach in ein Büro der US-Army ein, und verbrannte die Einberufungsbefehle nach Vietnam.

Schlechtester Russen-Witz

Ich wollte gerade einen Russenwitz machen, aber jemand Stalingrad.

Rechte russischer Bürger

Die fast 200 Jahre alte britische, liberale Wochenzeitung *The Economist* veröffentlicht seit 2006 ihren berühmten »Demokratie-Index«. Schon vor dem Einmarsch 2022 fand man Putins Russland auf den hinteren Rängen: Platz 124 von 167, Tendenz absteigend.
Neben vielen anderen Staaten liegen Katar, Irak, Mauretanien, Burkina Faso, Mosambik und Angola, was die Demokratie angeht, vor Russland.
Wahlen und Pluralismus: 1,7 von 10 möglichen Punkten.
Bürgerrechte: 4 von 10.
Politische Teilhabe: 4 von 10.
Pressefreiheit: nur Platz 155 von 180 (Staaten).
Bekämpfung von Korruption: Platz 136 von 180 (Staaten).

Die Missachtung der Allgemeinen Menschenrechte in Russland betrifft Diskriminierung und Ermordung von Minderheiten, systematische Folter durch die Polizei, Misshandlung von Rekruten, außergerichtliche Hinrichtungen, Verletzung von Kinderrechten und die kollektive Bestrafung für ganze Familien.

In der Hitparade von Propagandalügen und Fällen von Geschichtsfälschung liegt Russland auf den ersten Rängen.

12.000 bis 14.000 Frauen werden jährlich in Russland von Angehörigen getötet. In den USA sterben jährlich 1.800 Frauen durch ihre Angehörigen – bei doppelt so vielen Einwohnern. 43 Anträge wurden bisher im russischen Parlament eingereicht, um häusliche Gewalt unter Strafe zu stellen. Bisher wurden alle Anträge abgelehnt.

Paris, am Freitag, den 10. Dezember 1948:
Angesichts der Katastrophe des Zweiten Weltkrieges proklamierte die Generalversammlung der Vereinten Nationen die weltweit gültige *Allgemeine Erklärung der Menschenrechte*. Saudi-Arabien und Südafrika enthielten sich der Stimme. Auch die Sowjetunion und sämtliche Länder des sogenannten Ostblocks stimmten nicht zu.

Dabei stand nichts Schlimmes drin, schon Artikel 1 klingt vernünftig: »Alle Menschen sind frei und gleich an Würde und Rechten geboren. Sie sind mit Vernunft und Gewissen begabt und sollten einander im Geist der Brüderlichkeit begegnen.«

Siebenundzwanzig Jahre später gerieten die Sowjetländer doch noch in »die Falle« der Menschenrechte. Es wurde über die längst überfällige Entspannungspolitik verhandelt, die sogenannte KSZE-Konferenz. 33 Staaten unterschrieben die Schlussakte, darunter die Sowjetunion. In diesem Vertrag war aber auch enthalten, dass sich die Unterzeichner an die *Allgemeine Erklärung der Menschenrechte* zu halten haben. Die Kröte war geschluckt. Bis zum Jahr 2006. Unter der Führung Putins beschloss die Duma die »Russische Erklärung der Menschenrechte«.

Man spaltete sich ab. Seitdem bedeuten in Russland Menschenrechte wieder etwas anderes als im Rest der Welt.

Der Preis der Toleranz

Der Bundespräsident ist das Oberhaupt des deutschen Staates. Umgangssprachlich auch »Grüßgott-Onkel« genannt. Doch seit dem Einmarsch russischer Truppen in die Ukraine gibt es eine neue Bezeichnung:

Der Putinauchfalscheinschätzer.

Das Wort fällt nicht unter Beleidigung, denn über die deutsche Politik gegenüber Russland sagte Frank-Walter Steinmeier dem *SPIEGEL*: »Da habe ich mich, wie andere auch, geirrt.« Wir können froh sein, in einem Land zu leben, in dem das Staatsoberhaupt Fehler zugeben kann. Ein Zeichen stabiler Demokratie. Oder krasser Instabilität? Denn es war nicht das erste, und nicht das letzte Mal, dass sich der ehemalige Vize-Kanzler, SPD-Fraktions-Chef, Außenminister und Büroleiter von Gerhard Schröder irrte. In einem peinlichen Video, das man unter dem Titel »Muhabbet ft. MC Steinmeier« auf Youtube findet, sieht man den schäkernden Frank-Walter Steinmeier mit dem Kölner Sänger Muhabbet »rappen«. Der damalige Außenminister wollte mit der Gesangseinlage für den sympathisch wirkenden Deutsch-Türken ein Zeichen für gelungene Integration setzen.

Muhabbet war ein paar Monate zuvor auch für den Bundespräsidenten Köhler aufgetreten. Alles unverdächtig. Bis die Journalistin Esther Schapira den Film *Der Tag, an dem Theo van Gogh ermordet wurde* (2007) vorstellte. Theo van Gogh war ein niederländischer Regisseur und Satiriker, der gerne provozierte und es dabei häufig übertrieb. Er beleidigte Moslems (»Ziegenficker«) und Juden (»kopulierende gelbe Sterne in der Gaskammer«) gleichermaßen. Nach der Ausstrahlung seines Films *Submission* (über die

Unterdrückung der Frau im Islam) wurde er im November 2004 von einem Islamisten mit acht Schüssen vom Fahrrad geschossen und dann mit einer Machete enthauptet. Als Ester Schapira für ihren Film den *Prix-Europe* erhielt, lief ihr zufällig Muhabbet über den Weg. Laut Zeugenaussagen war er aufgebracht und sagte zu Schapira: »Theo van Gogh hat noch Glück gehabt, dass er so schnell gestorben ist. Ich hätte ihn in den Keller gesperrt und gefoltert. Auch Ayan Hirsi Ali (die Mitarbeiterin von van Gogh) hat den Tod verdient.« Die »gelungene Integration« Muhabbets löste sich in Luft auf. Damals kam allerdings noch kein »ich habe mich geirrt« von Frank-Walter Steinmeier. Man entschied sich für die Version: Es steht Aussage gegen Aussage.

Der nächste Irrtum: Ab dem siebten Kind kann ein Elternpaar den Antrag stellen, dass der Bundespräsident die Ehrenpatenschaft für das Kind übernimmt. Er muss es nicht. Aber Steinmeier hat es getan: Er ist Pate von Bushidos Drillingen. Babys muss man nicht kurz nach ihrer Geburt in einen Kulturstreit hineinziehen, aber irgendjemand im Büro des Bundespräsidenten hätte Bushido kurz googeln können. Dann wäre man eventuell auf die Texte des Rappers gestoßen: »Bist du schneller als der Abzug, bevor ich ihn drücke? Du kannst rennen, doch du weißt, dass ich dich finde und ficke. Denn eine Kugel reicht, damit du weißt, wie hart Beton ist.« Oder »Ich trete auf Dich ein, bis du blutest. Ficke Deine Mutter auf der Wohnzimmercouch.« Usw. Usw.

Meine Oma bekam während des Zweiten Weltkrieges ihren fünften Buben. Sie sollte das Mutterkreuz abholen. Oma hat es abgelehnt. Im Krieg. Unter Hitler. Ist es dann einem deutschen Bundespräsidenten im Jahr 2022 nicht möglich, gegenüber einem frauen- und schwulenfeindlichen, millionenschweren Rapper eine Patenschaft abzulehnen?

Er irrte sich nochmal: Als sich die Bundeskanzlerin Angela Merkel im Jahr 2007 mit dem Dalai Lama traf, hielt ihr Steinmeier vor, die deutschen Verbindungen zu China zu gefährden. Er selbst lehnte es 2008 natürlich ab, sich mit dem Dalai Lama zu treffen – und dazu gehöre »Mut«.

Und nochmal: Als Bundespräsident bereitete er eine Grußbotschaft an den Iran vor, eine Gratulation zum Nationalfeiertag, »auch im Namen meiner Landsleute«. Als sich Steinmeier (nach reichlich Gegenwind) dafür entschieden hatte, das Telegramm nicht abzusenden, da war es schon zu spät, es war schon raus. Der diplomatische »Unfall« wurde der Deutschen Botschaft in die Schuhe geschoben. Als ich 2016 den wunderbaren *Toleranz-Preis der Evangelischen Akademie Tutzing* in der Kategorie »Zivilcourage« erhielt, war Frank-Walter Steinmeier der Hauptpreisträger. Er kam direkt aus den Verhandlungen in Kiew. Denn Putin hatte die erste Ukraine-Besetzung unter Dach und Fach. Wir plauderten über die heiklen Gespräche, und Steinmeier, damals Außenminister, erklärte mir väterlich, dass man bei solchen Verhandlungen große Geduld bräuchte. Und die hätte er. Notfalls auch für zehn Jahre. Und mehr. Mir wäre ein weniger geduldiger Außenminister lieber gewesen. Denn anstatt zehn Jahre zu verhandeln, marschierte Putin schon nach sechs Jahren mit über 100.000 Soldaten Richtung Kiew.

In Tutzing durfte ich mich auf der Bühne als erster für den Preis bedanken, ich erklärte dem vor mir sitzenden Außenminister die tödlichen Versäumnisse Deutschlands in Syrien. Und es war Esther Schapira, die die Laudatio auf mich hielt. Alles in allem also, kein schöner Nachmittag für Frank-Walter Steinmeier. Aber er hat ja *große Geduld*.

An die Kulturwelt

Ende Juli 1914 begann der Erste Weltkrieg. Eines der ersten Opfer der deutschen Einmärsche war das neutrale Belgien, in dem die deutschen Soldaten schon in den ersten Wochen bestialische Kriegsverbrechen begingen. Am 25. August marschierten sie in der flandrischen Stadt *Löwen* (Louvain, Leuven) ein. Die deutschen Soldaten erschossen Zivilisten und verwendeten Frauen und Kinder als menschliche Schutzschilder, dabei zündeten sie über tausend Wohnhäuser an. Einige Jahre später bezeichnete Adolf Hitler die Gräueltaten an der Zivilbevölkerung als »vorbildhaftes« Vergeltungsmittel.

Die Stadt ist berühmt für seine altehrwürdige *Kaholieke Universiteit Leuven*, in der durch die Feuersbrunst 300.000 Bücher, mittelalterliche Handschriften und einzigartige Drucke vernichtet wurden. Die Weltpresse verurteilte die deutschen Massaker scharf, aber schmückte sie überflüssigerweise noch aus.

Nun kamen Deutschlands Intellektuelle ins Spiel. Am 4. Oktober 1914 unterzeichneten 93 deutsche Männer einen offenen Brief »An die Kulturwelt«. Bekannt wurde das Schreiben als das »Manifest der 93«. Die »Vertreter deutscher Wissenschaft und Kultur« traten mit ihrem Schreiben nicht für Frieden oder Waffenruhe ein, sondern »erheben vor der gesamten Kulturwelt Protest gegen die Lügen und Verleumdungen, mit denen unsere Feinde Deutschlands reine Sache in dem ihm aufgezwungenen schweren Daseinskampfe zu beschmutzen trachten.« Unterschrieben haben dieses Pamphlet die Nobelpreisträger Wilhelm Röntgen (Physiker), Richard Willstätter

(Chemiker) und Fritz Haber (Chemiker). Der Letztgenannte gilt als der Erfinder des Gaskrieges. Unter seiner Führung war bis 1918 jede dritte deutsche Granate mit Giftgas befüllt. Zu den Nobelpreisträgern gesellten sich die Maler Max Klinger, Max Liebermann, Hans Thoma, Franz von Stuck, Wilhelm Trübner, Franz von Defregger und Ludwig Hoffmann. Musiker und Komponisten wie Franz Liszt und der Wagnersohn Siegfried Wagner setzten ihre Unterschrift darunter, ebenso wie die Schriftsteller Eulenberg und Sudermann bis hin zu Karl Vollmöller, dem Berater von Kaiser Wilhelm. Auch Ludwig »Lujo« Brentano, der Neffe von Clemens Brentano und Bettina von Arnim, setzte seinen Namen darunter. Er war später der Doktorvater von Theodor Heuss, des ersten Bundespräsidenten der Bundesrepublik Deutschland. Und viele, viele andere.

Das Manifest ist der traurige Beleg dafür, dass die bloße Unterschrift von Künstlern, Wissenschaftlern und Prominenten nicht bedeutet, dass der Inhalt wahr und richtig ist. Das bemerkten auch einige Unterzeichner. Max Planck und ein paar weitere distanzierten sich hinterher davon.

In diesem offenen Brief von 1914, der in vierzehn Sprachen weltweit in allen bedeutenden Zeitungen abgedruckt worden ist, stehen Sätze wie:

»Es ist nicht wahr, dass Deutschland den Krieg verschuldet hat.«

»Deutsches Heer und deutsches Volk sind eins.«

»Es ist nicht wahr, dass wir freventlich die Neutralität Belgiens verletzt haben. Nachweislich war Belgien damit einverstanden.«

»Es ist nicht wahr, dass eines einzigen belgischen Bürgers Leben und Eigentum von unseren Soldaten angetastet worden ist, ohne dass die bitterste Notwehr es gebot.«

»Es ist nicht wahr, dass unsere Truppen brutal gegen *Löwen* gewütet haben.«

»Sich als Verteidiger europäischer Zivilisation zu gebärden, haben die am wenigsten das Recht, die sich mit Russen und Serben verbünden und der Welt das schmachvolle Schauspiel bieten, Mongolen und Neger auf die weiße Rasse zu hetzen.«

Deutschland und Russland schickten weit mehr Soldaten in diesen Krieg als alle anderen Länder, zusammengerechnet fast 30 Millionen. Am Ende waren insgesamt 15 Millionen Tote zu beklagen.

2014 stand in Belgien der einhundertste Jahrestag der deutschen Massaker an. Die deutsche Bundeskanzlerin Angela Merkel erhielt die Einladung zu den Erinnerungsfeierlichkeiten ein Jahr vorher. Sie überlegte. Im November erhielten die Belgier die Absage aus dem Kanzleramt.

Leider keine Zeit für Versöhnung.

Apropos

Am Höhepunkt des Kalten Krieges wandte sich Sting mit einem Song an die Weltöffentlichkeit: *Russians*. Es war in »den Reagan-Rambo-Paranoia-Jahren, als man über die Russen dachte, sie wären graue, untermenschliche Automaten.«, so Sting. Angesichts des Überfalls auf die Ukraine veröffentlicht er, inzwischen siebzig Jahre alt, eine neue Version seines Songs. Die Erlöse spendet er dem *Help-ukraine.Center*. (Sting war auch der erste Künstler, der im Pariser Klub *Bataclan* auftrat, nachdem dort 89 Menschen durch islamistische Terroristen erschossen worden waren.)

Witz aus Kiew

Ein Deutscher geht in Kiew in eine Kneipe und bestellt zwei Bier. Der Kellner bringt ihm nur eines. Der Deutsche sagt: »Wir brauchen zwei Bier!« Darauf sagt der ukrainische Kellner: »Das andere bekommen Sie morgen. Versprochen!«

Aufruf statt Nachwort

Dieses Buch ist nichts für Weicheier. Es ist einseitig. Es erörtert nicht die Fragen der Nazigestalten in den ukrainischen Asow-Regimentern und beschäftigt sich nicht mit den Panama-Papers des ukrainischen Präsidenten. Ich gehe auch nicht auf die deutsche Wirtschaft ein. Beispielsweise die Gewinne von Audi, die zwar im ersten Halbjahr 2022 weniger Autos verkauften, aber durch das Geschäft mit den Luxuskarossen 60 Prozent mehr in der Kasse hatten. Vieles bleibt in meiner Einmischung auf der Strecke. Denn es ergibt in diesen Monaten keinen Sinn. Ein Land ist überfallen. Es wehrt sich. Man muss retten. Wer bei einem Unfall für eine Rettungsgasse den Weg freimacht, kann nicht erst der Frage nachgehen, ob im Unfallwagen lautere oder unlautere Menschen sitzen. Erst die Rettung – dann alles andere. Deshalb auch mein Aufruf:

Freunde, Kolleginnen, Kollegen, bitte mehr Einmischung!

»Ohne Kunst wird's still«, dieser Slogan wurde in Corona-Zeiten schnell bekannt. Denn die Kunstszene war laut, hat Videos gedreht und war bei Ministern und in Talk-Shows gesessen, um die dramatischen Auswirkungen der Corona-Bestimmungen zu schildern. Das war notwendig. Auch wenn es hinter den Kulissen oft mit der Solidarität untereinander nicht weit her war.

Umso mehr stolpert man darüber, dass sich während der Corona-Pandemie weitaus öfter und mehr Künstlerinnen und Künstler öffentlich zu Wort gemeldet haben als nun zum Krieg in der Ukraine. Hat man Angst, sich zu positionieren, und damit Publikum zu verlieren? Das ist zwar verständlich, aber ein Krieg ist keine Frage von verkauften Eintrittskarten. Es ist eine Frage der Mitmenschlichkeit, der Freiheit, der Solidarität und unserer Werte. Und es ist eine Frage unserer Wehrhaftigkeit, und was das Wort in der Praxis bedeutet.

Dazu darf es unterschiedliche Haltungen geben. (Dümmliche Aussagen wie die eines Kabarett-Kollegen: »Die Deutschen sehnen sich nach Krieg!« gehören da nicht dazu.)

Aber auch das wäre eine Aufgabe: Der in Hate-Speech, Woke-Wahnsinn und Gendersternchen-Debatten gefangenen Gesellschaft zu zeigen, dass man sich trefflich streiten, aber sich dennoch die Hand reichen kann. Das kann Kunst!

Der preisgekrönte israelische Schriftsteller Amos Oz (1939 bis 2018) schrieb in seinem Buch *Liebe Fanatiker*: »Sicher, wir alle, manche mehr, manche weniger, streben danach, uns nahestehende Menschen zu beeinflussen, und manchmal wollen wir auch weiter entfernte Menschen beeinflussen. Daran ist nichts Schlimmes, solange wir uns immer Folgendes vor Augen halten: beeinflussen ja, aber nicht verschmelzen, nicht den anderen zurechtkneten, bis er unsere Form angenommen und aufgehört hat, ein ›anderer‹ zu sein, und zu einer bloßen Kopie von uns geworden ist.«

Wer mag, kann diese Zeilen aus dem Buch hier ausschneiden und sie an Wladimir Putin schicken. Oder an den eigenen Nachbarn.

Amos Oz zitiert am Ende seines Essays den fränkischen Dichter Ludwig Pfeuffer. Den kennt kein Mensch. Aber vielleicht so: Nach dem Zweiten Weltkrieg nannte sich Ludwig Pfeuffer Jehuda Amichai, wurde zu einem der bedeutendsten Dichter Israels und stand immer wieder ganz vorne auf der Liste für den Literatur-Nobelpreis, den er nie erhielt.

Yehuda Amichai:

An dem Ort, an dem wir recht haben,
werden niemals Blumen wachsen im Frühling.
Der Ort, an dem wir recht haben,
ist zertrampelt und hart wie ein Hof.

Liebe Leserinnen und Leser, mischen Sie sich ein! Diskutiert und debattiert, aber vergesst dabei nie, dass es um Krieg geht. Eine Diskussion um Krieg erlaubt kein behagliches Sofa und das Intellektuellen-Pfeifchen am Aschenbecherrand. Denn es geht simpel um Leben – oder Sterben. Dort ist die Welt der Zögerlichkeit und des »man muss auch die andere Seite …« zu Ende.
Es existiert kein Halb-Tod.

Es gibt Sängerinnen, die jetzt noch an der Oper in Odessa auftreten. Wenn die Proben unterbrochen werden, dann nicht wegen eines falschen Tons, sondern wegen Fliegeralarm. So dramatisch, so banal.
Deshalb müssen wir jetzt hinaus und schreien: Raus aus der Ukraine, Putin. Jetzt!

Damit verletzen Sie keine Meinungsfreiheit und keine demokratische Grundhaltung. Im Gegenteil. Wenn jemals eindeutige Bekenntnisse notwendig waren, dann in diesen Tagen. Trauen Sie sich!
Wir haben Angst vor einem kalten Popo, aber wir brauchen mehr Feuer im Hintern.

Halte durch, Ukraine.